ÖNER YAĞCI

*

KARDELEN

Çağdaş Türk Yazarlarından / Roman
Kardelen / Öner Yağcı

13. Baskı
İnkılâp Kitabevi'nde I. Baskı

Dizgi
Gülizar Çilliyüz

Ön Kapak
Alime Mitap
(Görüşcü Çocuk Tablosu)

Baskı
ANKA BASIM
Matbaacılar Sitesi, No: 38
Bağcılar - İstanbul

ISBN
975-10-1723-8
01-34-Y-0051-0136

İNKILÂP

Ankara Caddesi, No: 95
Sirkeci 34410 İSTANBUL
Tel: (0212) 514 06 10 - (Pbx)
Fax: (0212) 514 06 12
Web sayfası: http: / / www.inkilap.com
e-posta: posta@inkilap.com

ÖNER YAĞCI

KARDELEN

ROMAN

1986 AKADEMİ KİTABEVİ
ROMAN BAŞARI ÖDÜLÜ

İNKILÂP

YAZARIN YAYINEVIMIZDE ÇIKAN KITAPLARI:

Turnalar
Aziz Nesin Aydınlığı
Kaptan
Yediveren
Gökyüzüne Akan Irmak (çıkacak)

Mapustaki canları
mektuplarıyla sıcaklayan
tüm dostlara, sevgiyle...

**Nanik yapan
bir eylül çocuğunun
kurutulmuş çiçekler
ve güvercinlerle dolu
hasretliği bu...
Sanki gülmenin resmi
kış ortasında bahar,
yani kardelen çiçeği...**

Eylül Öncesi

Öyle mi sanıyorsunuz? Gülcan çocuktur, anlamaz diye mi düşünüyorsunuz?

Babam böyle düşünmezdi.

Evet, ben çocuğum. Ama bir çocuk da anlar. Ben anlıyorum. Her şeyi bilmem ama birçok şeyi biliyorum. Zaten her şeyi kimse bilemez ki!

Şimdi büyüdüm hem, büyüyorum. İstediğim şeyi okuyabiliyorum. Yazı yazıyorum. Duygularımı, düşüncelerimi yazıya dökebiliyorum. Yazmanın insanı rahatlattığını da öğrendim.

Öğrendiklerimi yazacağım.

Babam yazdıklarımı okuyacak ve beni daha iyi tanıyacak. Daha iyi tanıyınca daha çok sevecek.

Yüreğim öylesine dolu ki, anlatıp boşaltmazsam yüküm ağır gelecek sanıyorum.

Bir şiiri vardı babamın:

"Yüküm ağır
Sevdan can vermese
Çekilmez bu kahır!"

Ben de anlatmazsam, çekemeyeceğim düşüncesindeyim.

Yılları onunla birlikte nasıl yaşadığımı öğrenince beni daha çok sevecek babam. O, zaten çocukları sever. Okumayı seven insanların, bütün çocukları sevdiklerini biliyorum.

Bir çocuğun düşüncelerini, düşlerini, duygularını, duyarlıklarını, yaşadıklarını paylaşmak güzeldir değil mi? Yaşanan paylaşıldıkça sevgi büyür, demişti babam. Dört yıldır mektuplaşıyoruz onunla. Bugün içimi dökmek, söyleşmek istedim.

Aklımdan geçen, yüreğimde biriken o kadar çok şey var ki!..

* * *

Canım Babacığım,

Mektuplarımda hep aynı şeyleri yazardım sana değil mi? Ne yapayım? Başka bir şey yazamıyordum ki!

Ama bu mektubum farklı olacak.

Yüreğimden tüm geçenleri, kafamı dolduran her şeyi yazmaya çalışacağım sana.

Çizgili kâğıda, kurşunkalemle yazıyorum. Yazım düzgün olmasa da okursun sen. Yanlışlıklarım için kusura bakmayacağını biliyorum.

Sen hâlâ mapustasın.

Çıkmana birkaç ay kaldı.

Seni sabırsızlıkla bekliyorum. Ama sabırlık çiçeği gibi olduğumu da bilmeni istiyorum. Bir kardelen gibi, bahar gelsin artık diye renklendiğimi, renklenmeye çalıştığımı...

Kışı erken tanıdım. Ama senin sıcaklığınla yendim soğuğu, karı, ayazı.

Seninle, sen daha mapustan çıkmadan kucaklaştığımızı sana göstermek için yazıyorum.

Özlemimiz bitsin diye yazıyorum...

"Benzimin sarılığı
Her gün ağlamaktandır"

diyor tok bir ses.

Doğru mu söylüyor?

Benim için mi söylüyor?

Benzimin gerçekten sarardığını biliyorum. (Babamın benzi de sararmıştı, havasızlıktan, güneşsizlikten...) Ama her gün ağlamıyorum. Hem artık renklenecek benzim. Babam gelecek.

Türkü bitti.

Şu an başka bir ses duyuyorum: *"Hişt! Hişt!.."* Doğa, yaşama sevinci sunuyor yani. Babam yazmıştı öyküsünü. Sevgili bir öykücümüzün yıllardır aklımdan çıkmayan öyküsü, demişti. Öykünün tamamını anımsamıyorum şimdi, ama *"Hişt! Hişt!"* sözlerini hiç unutmadım. Baharda gelince bu öyküyü de okutturacağım babama. Ondan dinlemek daha bir zevkli olacak.

İşte sevinç doldum. Sevinçle kucaklaşıyoruz ve o ses çınlıyor. Mapusane duvarlarında da yankılanıyor mu ki? Martıların seslerine karışıp çığlık oluyor mu? Babamın kulağında çın çın müzik oluyor mu?

Beş yıl öncesini anımsıyorum.

O günlerden başlayarak anlatacağım yaşadıklarımı ve öğrendiklerimi. Dinlesin babam.

Beş yaşındaydım o zaman.

Kış ortasıydı Ankara'da.

Ankara'nın ne olduğunu, bir kentin ne demek olduğunu yeni yeni öğreniyorum.

Babamsız öğreniyorum, ama babamdan da...

Kızılay'ı bilirdim o zamanlar. Güzel güzel dükkânların olduğu Kızılay'ı. Bir de babamın beni gezmeye, oynamaya götürdüğü yerleri bilirdim. Güzel yaz ve bahar günlerinde elimden tutup götürürdü babam. Ben yürüyemezdim, hemencecik yoruluverirdim. Babam da kucağına alırdı beni. Ya da yorgun değilse, boynuna. Güle oynaya, kimselere aldırmadan yürürdük.

Bir de bizim evin oraları bilirdim. Bakkal Amca vardı. Babam sakız, çikolata falan alırdı ondan. Bir de kitapçı vardı babamın arkadaşı. Kitap, gazete, dergi alırdı ondan babam; konuşurlardı. (O Kitapçı Amca beni her gördüğünde babamı soruyor, yıllardır sordu. Selamlar söyledi. Kitap, kalem, defter verdi bana. Para almadı. Hediyem olsun kız, dedi. Sevindirdi beni!)

Şimdi çok yer biliyorum, anlatamam bile hepsini.

Okula gittim. Öğretmenimizle Çubuk Barajı'na gittik. Gençlik Parkı'nı biliyorum. Babamla birkaç kez gitmiştik anımsadım. Salkımsöğütlerin altında çay içmiştik. Kayıkla gezdirmişti beni. Lunaparkta birçok şeye binmiştik birlikte. Ne kadar da kalabalıktı orası. O kadar çok insan görmüştüm ki!

Ankara'nın kocaman bir kent olduğunu, içinde milyonlarca insanın yaşadığını biliyorum. Milyonun ne olduğunu pek bilmiyorum ama, sayıları öğrendim. Yolda giderken, insanları sayayım diyorum. Sa-

yamıyorum. O kadar çok ki... Benim göremediklerim de var daha. Binaların içindekiler var, mapustakiler var... Bankaları sayıyorum bazen. Önlerinde askerleri görünce korkuyorum. Askerden, polisten korkuyorum... Ankara ne kadar büyükmüş, Ankara'da ne çok insan varmış!..

Ankara'dan başka yerleri de öğrendim. İstanbul'a, babaannemgile gittim yaz aylarında. Antalya'ya gittim. Denizi yeniden gördüm, yeniden sevdim.

Babamı hep özledim.

Babam denizi çok severdi. Biliyorum hâlâ seviyor. Mektuplarından anlıyorum onun denize olan özlemini ve sevgisini...

Bana, ne düşünüyorsun? diyorlar dalgınlaştığımda. Sanki çocuklar düşünmezmiş gibi. Çocuğu tanımıyor onlar. Ama babam tanıyor. Benim ne düşündüğümü, ne düşünebileceğimi biliyor, anlıyor. Ne düşünsem, onun mektuplarında buluyorum çünkü. Düşündüğüm şey hakkında bir masal, bir öykü yazıyor, ya da anlatıyor doğrudan. Çok denedim bunu. Daha ben sormadan o yazdı. Öyle çok sevindim ki!..

Bana, ne düşündüğümü soranlara, babamı düşündüğümü söylersem üzülüyorlar. Babamın yüzünden düşüncelere daldığım çıkıyor ortaya. Suçlu oluyor babam. Oysa ne suçu var onun? O suçlu değil. O istemez mi kucaklaşmamızı, kahkahalarla gülmemizi, hep birlikte olmamızı. İster elbette. Ama elinde değil, gelemiyor. O duvarların, demirlerin arkasından bırakmıyorlar onu.

Elinde olsa, günlerini orada duvarların arkasında, güneşsiz, bensiz geçirir mi hiç? Bunu bilmiyor muyum ben sanki! Biliyorum. Babamın suçu yok. Bunun için de, kimse ona kızmasın diye, onu düşündüğümü söylemiyorum.

Annemi düşündüğümü de söylemiyorum.

Ona daha çok üzülüyorlar. Yüzüme bakıyorlar bana sezdirmemeye çalışarak. Tepkimin ne olduğunu öğrenmek istiyorlar. Ben, aldırmaz gibi görünüyorum. İçim kan ağlıyor, konuşmak istiyorum. İçimden geçenleri söylemeye can atıyorum. Ama olmuyor işte. Konuşmak istediğim halde konuşamıyorum. Konuşsam, şimdi söylediklerimi anlatacağım. Annemi ve babamı çok özlediğimi, çok sevdiğimi söyleyeceğim. Biz babamla birlikte yaşıyoruz, diyeceğim. Ben onun mektuplarını okurken, dinlerken yaşadığımı hissediyorum, diyeceğim. Fotoğraflarına bakarken onu canlandırıyorum, diyeceğim. Çıkıyor, kâğıdın içinden, geliyor yanıma, ellerimi tutuyor, beni öpüyor, saçlarımı okşuyor, diyeceğim. Mektuplarının, düş olup beni bilmediğim ülkelere, en güzel dünyalara götürdüğünü anlatacağım.

İnanmazlar dediklerime.

Gülerler. Belki de alay ederler benimle. Hıh, çok bilmiş, derler! Oysa, ben hiç de çok bilmiş değilim. Bilmeyi, öğrenmeyi çok istiyorum. Bu çok bilmişlik değil. Çocuklar bilmeli. Babam, tüm mektuplarında bunu öğütlüyor bana.

Desinler, çok bilmiş desinler. Aldırmıyorum onların söylediklerine.

* * *

Kimselere aldırmıyor Gülcan. Söyleşiyor babasıyla.

Duygularını, düşüncelerini, düşlerini anlatıyor.

Şimdi, babasının yattığı Çanakkale'yi de öğrendi. İki kez görüşüne gitti. Orası gibi birçok kentimizin olduğunu öğrendi. 67 tane olduğunu biliyor. Hepsinin adını öğrenemedi henüz. Ama çoğununkini biliyor. Birkaçını gördü de. İstanbul'a, Çanakkale'ye, Antalya'ya gidip gelirken gördükleri var.

Eskişehir'den aldığı lületaşı tesbihi babasına verememiş. Almamışlar içeriye. Saklıyor onu. Çıkınca hediye edecek babasına. Bazen eline alıp okşuyor onu. Gülüyor evdekiler.

Kız, gene babanı düşünüyorsun değil mi? diyorlar.

Utanıyor Gülcan, evet diyor.

Amcası Mersin'e götürmüş bir kez. Orada babasının birkaç arkadaşını görmüş Gülcan. Onlarla, onların çocularıyla denize girmiş. Yine çağırmışlar. Babam çıkınca birlikte geliriz, diye söz vermiş onlara.

* * *

Başka nereleri bildiğim aklıma gelmiyor şimdi. Ama dünyanın kocaman olduğunu, Türkiye'nin de kocaman olduğunu, Ankara'nın, İstanbul'un da kocaman olduğunu biliyorum. Hatta, babamın yattığı mapusanelerin bile!

Ne kadar çok insan varmış mapusanelerde!

Çokmuş, çook!..

Başka ne mi var kocaman olan?
Babam var.
Sevgimiz, özlemimiz var!

Kış ortasıydı Ankara'da dedim.

Böyle dağınık oluyor ama, aklıma geleni söylüyorum. Söyledikçe daha çok seviyorum babamı. (O da beni daha çok sevecek dinleyince.) Onun yazdıklarını okudukça koskocaman oluyor sevgim. Yeni şeyler öğrendikçe, çevremi, yurdumu, dünyayı, insanları tanıdıkça daha çok seviyorum yaşamayı. Babam da böyle istiyor. Yurdunu çok seven insan, dünyayı da, yaşamayı da sever diye düşünüyor o. Biliyorum bunu. İnsanları seven, insanların daha güzel yaşamasını isteyen, yaşamayı da çok sever biliyorum. Mektuplarında bunu çok yazdı bana babam.

Bana yazdıklarını hiç aklımdan çıkarmıyorum.

Dünyanın her şeyini seviyorum.

Ağaçları, kelebekleri, şiiri, öyküleri, kitapları, öğretmenimi, arkadaşlarımı, dağları, ırmakları, denizleri, odamı, yatağımı, oyuncaklarımı, oyun oynamayı, çayı, ille de babamın mektuplarını.

Daha ne sayayım?

Aklıma ne gelirse onu seviyorum.

Beni daha az severler diye önceleri kıskanıp kızdığım küçük çocukları da çok seviyorum.

En çok da insanları.

Ama iyi insanları, kötülerini değil.

Yakınlarımı, babamın ve annemin arkadaşlarını, televizyonda gördüğüm, öykülerde okuduğum, masallardan bildiğim iyi insanları. İnsanlara kötülük düşünmeyen, kötülük yapmayan herkesi seviyorum. İnsanları dövenleri sevmiyorum. İnsanları mapusanelere atanları sevmiyorum. İnsanları öldürenleri sevmiyorum.

Kış ortasıydı Ankara'da.

Babam yoktu.

Ankara'nın kışını bilir babam. Hem de çok iyi bilir. Çok kalmış Ankara'da çünkü. İlk gençlik yılları burada geçmiş. Eski arkadaşları gelmişti de onlar anlatmıştı. Çok vefalı arkadaşları varmış. Onların anlattıklarından biliyorum babamın gençliğini.

Yoktu babam.

Ama bilir Ankara'nın kışını, soğuğunu, buzunu, ayazını. Üşütür insanı. Beni de üşütüyordu. Yüreği ezen duygular birikince daha çok üşüyor insan. Benim küçücük yüreğimse, çok ezikti.

Ve üşüyordum.

Sokağımızı kaplayan sis, korkularla dolduruyordu beni.

Üşüdükçe, babamın sıcaklığına sığınmak istiyordum.

Ama yoktu. Isıtamıyordu beni.

Sevgiler, insanları ısıtmak için değil midir?

Öyleyse, ayrılıklar da insanları üşütmek içindir diyorum.

Üşüyordum.

Babamın nerede olduğunu bilmiyordum.

Kimse bilmiyordu.

Bilmiyor muydu? Bilmiyoruz diyorlardı bana.

Ben hâlâ, kış öncesinde birlikte geçirdiğimiz günlerin sevinciyle doluydum. O yarım kalan günlerimizi, düşlerimde tamamlamaya çalışıyordum.

O günler, çocukluğumun ilk canlı anları, anıları olacak.

Pek iyi anımsıyamıyorum. Şöyle böyle getirebiliyorum gözlerimin önüne. Kimi yerleri siliniyor. Uğraşıyorum tamamlayabilmek için. Ama boşuna. Uyduruveriyorum şöyle olabilir diye.

Gözlerimin önüne görüntüler geliyor işte...

O kıştan bir önceki yaz.

Sıcacıktı.

Bunalıyordum Ankara'nın bozkır sıcağında.

Babam yoktu. Gelmiyordu evimize.

Babam niye gelmiyor diyordum.

İstanbul'da çalışıyor, gelecek, diyordu annem.

Bir akşam geliverdi can babam.

O günden sonraki anılarım daha bir canlı gibi.

Daha bir gerçek olduğuna inanarak anlatacağım.

Ondan öncekilerden aklımda ne var ne yok bilemiyorum.

Zaten anlatmak istediğim de onlar değil.

Babamın geldiği o akşamı ve sonrasını anlatmak istiyorum.

Gidip de gelmediği sonrasını...

Bir akşam geliverdi can babam.

Zil çalınca kapıya koştum.

Annem de benimle birlikte gelip açtı kapıyı. Kapı çalınca koşardım hep. Ama boyum yetmediği için açamazdım. Tepinir dururdum önünde. Ben açayım, ben açayım diye ağlardım. Babam ya da annem beni kucağına alır açtırırlardı.

Kapalı bir kapı bulunsun istemezdim evde.

İçim sıkılırdı. Kapıların hepsi açık olsun, odadan odaya koşturayım isterdim. Çok severdim kapıları açmayı. Hâlâ da severim.

Mapusanelerin kapıları hep mi kapalı?
Nasıl duruyor orada babam? Nasıl duruyorlar?
Ben olsam durabilir miydim acaba?

Çok severdim kapıları açmayı.

Bir de suyla oynamayı severdim.

Yaz olsun, kış olsun, banyodaki suyla oynamak çok hoşuma giderdi. Suyumuz sürekli akmadığı için, leğenlerde, bidonlarda su bulundururduk evde. Onlarla şapır şupur oynamayı severdim. Islatıverirdim giysilerimi. Ortalık su ile dolardı. Annem görünce kıyameti koparırdı tabii.

Aman! Yine sularla oynuyorsun değil mi? Kız sen akıllanmayacak mısın?

Korkar kaçardım. Ama içimden de gülerdim onun telaşını görünce.

Kızım, üşütürsün, hasta olursun, derdi annem. Üzülürdü. Ama dövmezdi beni. Hiç vurmazdı. Belki çok küçükken vurmuştur. Ama aklım yettiğinden beri dövdüğünü hiç anımsamıyorum. Çok kızdığında bile, sertçe bakmakla yetinir; yavrum, ille dayak mı istiyorsun, derdi de, vurmazdı yine.

Annem bana kızdığında, babam bıyıkaltından gülerdi biliyorum. Hiç ses etmezdi. Beni korumaz, annemi de desteklemezdi. Sonra, ikimiz yalnız kalınca uyarırdı beni o da. Suyla oynama kızım derdi.

Annem dövmedi beni. Kimse dövmedi. Yaramazlıklarım için, okula gidene kadar kimseden bir şamar bile yememiştim. Okulda bir kez öğretmenim ellerime cetvelle vurdu. Yavaşça vurdu. Ama yine de çok acımıştı. Çok üzülmüştüm. Unutmuyorum.

Dayağı hiç sevmiyorum. Kim olursa olsun dayak atılmamalı diye düşünüyorum. Dayak atanlara kızıyorum. Bazı arkadaşlarım var da, anneleri babaları sürekli dövüyormuş. O anne babaya kızıyorum. Onların evlerine gitmiyorum. Arkadaşlarım çağırınca, size gelmem, diyorum. Niye dediklerinde de, annelerinin babalarının kötü insan olduklarını, çocukları dövmenin kötü şey olduğunu söylüyorum.

Dayak da neymiş!..

Babam mektuplarında, yaramazlık yap diyordu bana. Yapıyorum işte. Çocuk yaramazlık yapa yapa büyür diyordu babam. Anneme yazdıklarından okudum bunu. Yoksa pısırık olur, korkak olur. Çocuğun gözü yaramazlıklarla açılır diyordu.

Ben babamın bu dediklerini unutmuyorum. Bazen çok yaramazlık yaptığımda bağırıyorlar da, ben, babam benim yaramazlık yapmamı istiyor, diyorum onlara. O zaman gülüyorlar.

Ah babası ah! diyorlar, ne tatlı bela şu senin kızın!

Yaa, ben tatlı belayım işte!

* * *

Şimdilerde boyu çok uzun tatlı bela Gülcan'ın.

Babası da gördü tatlı belasını, görüşüne geldiğinde.

Nasıl da büyümüşsün yavrum? Fotoğraflarından hiç belli olmuyor büyüdüğün. Ben seni hâlâ bıraktığım gibi sanıyordum, dedi.

Gülcan, eski fotoğraflarına bakınca anlıyor büyümüş olduğunu. Boyu kapıyı açmaya yetiyor artık. Yine o alışkanlığını sürdürüyor. Her kapı çalınışında koşuyor. Artık kendisi açıyor kapıyı.

Evlerinin kapısına, zil yerine, kanarya sesi çıkaran bir alet takılı şimdilerde. Çok güzel öten kanaryacığın sesi, hem sevilen birinin gelmesi haberi oluyor, hem de rahatsız etmiyor kimseyi.

Kapı sesleri de zaten eskisi gibi rahatsız etmiyor Gülcangili.

Polis mi geldi? Sıkıyönetimden mi geldiler? Mahalleyi sağcılar mı bastı? Arama mı var? gibi sorular sorulmuyor şimdilerde Gülcanların evinde. Babası yıllardır içerde çünkü. Annesi de yok. Hoş, babası içeri girdikten sonra da aylarca gelip sormuşlardı ya nerede diye? Neyse. Şimdi kimi almaya, kimi sormaya, kimi aramaya, kimi vurmaya gelsinler ki?

Şimdi Gülcan, babasının kanarya sesi çıkaran düğmeye basmasını bekliyor. Babasının, kanarya sesini duyunca nasıl şaşıracağını düşünüyor, keyifle gülüyor. Sürpriz olsun diye yazmamış babasına kapıdaki ses değişikliğini. Kendince hazırladığı sürprizlerden birisi de buymuş.

Düğmeye basınca kanarya sesi duyacaksın babam, sakın şaşırma! diye geçiriyor içinden. Ve kendisinin kapıyı açtığını düşünüyor. Babasının kocaman bir kız göreceğini, boynuna atlayacağını düşünüyor. Sıkı dur baba, yıkılma diyor içinden. Öpecekmiş babasının yanaklarını, alnını, kulaklarını, burnunu, gözlerini. Babası da fırsat bulabilirse öpsünmüş! Bıyıklarını da çekebilsem keşke diye düşünüyor. Düş kuruyor şimdilerde. Son zamanlarda bıyıklı olduğunu biliyor babasının. Sivil mapusanelerde serbestmiş bıyık. Ama belli mi olurmuş. Mapuslukmuş bu. Belki de bir gün kesiverirlermiş saçlarını, bıyıklarını.

Babasının bıyıklarının, saçlarının kesilmemesini öyle yürekten istiyor ki Gülcan kız. Fotoğraflarına bakıyor, bıyığın babasına yakıştığını, bıyıkla daha bir güldüğünü düşünüyor.

* * *

Zil çalınca kapıya koştuk annemle birlikte.

Babamdı kapıdaki.

Çığlıklarımı şimdi bile anımsıyorum. Babam da anımsar mı acaba?

Şimdi yeniden duyuyorum o çığlıklarımı. O anki coşkunluğumu yeniden yaşıyorum. Kim bilir kaç kez yaşadım o kavuşma gününün sevincini! Zaten böyle sevinçli anlarım da olmasaydı, keder boğardı beni bu ayrılık günlerinde! Böyle sevinçli anları çoğalttım, büyüttüm düşlerimde, yüreğimde! Yeniden, yeniden yaşadım. Bunlar da sevinç kaynağı oldu bana. Yoksa zordu ayrılıklara dayanmak! Az olan böyle sevinç anlarını çoğalttım diyorum, inanır mı babam? İnanır. Benim yalan söylemeyeceğimi bilir o. Ona ne söylesem gerçek olduğunu bilir.

Çığlıklarım!

Nasıl atılmıştım boynuna, nasıl!

Öpücüklere boğmuştum tüm yüzünü.

Niye gelmedin! diye bağırmıştım.

İşte geldim ya! demişti babam.

Hem sevinç, hem de kızgınlıkla dolmuştum. Nasıl göstereydim sevincimi, sevgimi? Ne yapacağımı bilememiş, saçlarını çekmiş, kulaklarını bükmüştüm. Kucağından inmek istememiştim.

Annemle kucaklaşmışlardı. Yanaklarından öpmüşlerdi birbirlerini. Ben ikisinin arasında kalakalmıştım. Sevinmiştim? Sevinmiş ve şımarmıştım o akşam.

Çok şımarmıştım. Türlü yaramazlıklar yapmıştım. Keyfimi hiçbir şey bozamazdı artık. Dünyada değildim sanki. Göklerde uçuyor gibiydim.

Annemle konuşup gülüşüyorlardı babam.

Ben özlemiştim ikisini yan yana görmeyi. Gülmelerini, konuşmalarını özlemiştim. Gözlerinin aynı anda bana bakmasını, dört sevgili gözün beni sevmesini özlemiştim.

Herkesin annesi babası her gün yanlarındayken, onlar niye benim yanımda değildi? Ben niye göremiyordum onları? Kızıyordum ikisine de. Beni sevmiyorlar mı diye düşünüyordum. Onlara bir şey demiyordum ama, ağlıyordum. Ağladığımın gözlerimden belli olmasını da istemiyordum.

Çok yalnızlık çektiğim ve onlara çok kızdığım zamanlar, başka bahanelerle ağlardım. Bahane çok! Elim bir yere sıkışır, sokağa gitmek isterim, dondurma diye tuttururum. Düştüm derim ve ağlarım. Ağlayıverirdim doyasıya.

Ne zamandı?

O günleri zor anımsadığımı söylemiştim.

Ama gözlerimin önüne bir şeyler daha geliyor o günlerden...

Annemle babam bağıra çağıra tartışıyordu.

Artık burada kalamayız. Gülcan annengilde kalsın. Biz de bir yerler bulalım diyordu babam. Bağırıyordu anneme. Korkmuştum. Babamın güleç gözlerinde, daha önce görmediğim korkutucu ışıklar vardı. Öfke miydi?

Ağladım. Ben ağlayınca sustu babam. Üzülmüş olduğunu anladım gözlerinden. Yanıma geldi. Durulmuş gibiydi ansızın.

Benim ağlamam, babam için çok önemli demek ki. Beni ağlar görünce çok üzülür babam.

Yoksa bir öyküsünde yazdığı gibi mi babam? Hani, hiçbir çocuğun ağlamasına yüreği dayanamayan adam gibi...

Durulmuş gibiydi, ama gözleri eski haline, güzel haline dönmemişti. Saçlarımı okşadı, öptü beni.

Nereden bilebilirdim ben, o günün çok önemli bir gün olduğunu. Evimizin dağılacağını. Birlikte yaşamamızın o gün son bulduğunu. Nereden bilebilirdim sıkıyönetimin ne demek olduğunu. Hoş, şimdi de bilemiyorum ya. Yalnızca sokakların askerlerle dolduğunu biliyorum sıkıyönetim olunca. Evlerin aranması, sokaklarda insanların azalması, kitapçılara gidilmekten korkulması da sıkıyönetim midir? Babamın ve babam gibi birçok kişinin mapuslara götürülmesi mi?

Bilemezdim ki polislerin babamı aradığını. Niye aradığını da bilemezdim. Babamı yakalarlarsa mapusa göndereceklerini de bilemezdim. Mapusluğun ne olduğunu da...

Hoşçakalın deyip çıkmıştı evden babam. Annemi ve beni öpmüştü çıkmadan önce. Şimdi o günü bir daha yaşamış gibi oluyorum ve bir film izler gibi kendimi o odanın içinde görüyorum.

Annem arkasından bakakalmıştı suskun.

Babam gitti dedim anneme, sorar gibi.

Gitti yavrum, ama bizi görmeye gelecek dedi beni öperek. Anneme sarılıp içimi çektim.

Ben ilk o gün ağlamıştım içimden.
İçime ağlamayı ilk o gün öğrenmiştim.
Sessizce ve kimseye belli etmeden ağlamayı...

Babamın ağladığını hiç görmedim.

Babam hep içine mi ağlar acaba? Ağlamayan insan olmaz ki! Düşünmek, gülmek, konuşmak, çalışmak, okumak, yazmak, sevmek, oynamak gibi, ağlamak da insanlara özgü değil mi? Babam da ağlamıştır mutlaka diye düşünüyorum. Ben ağladığıma göre o da ağlamıştır. Ben onun kızı değil miyim?

Şimdi de ağlıyor mu babam bazı bazı? Yok yok, ağlamaz. Kimseye göstermez o ağladığını. Ağlarsa bile içine ağlar.

Ben eskisine göre daha az ağlıyorum. Alıştım babamın yokluğuna. Alıştım dediysem, hep böyle yaşamaya katlanamam elbette. Geleceğini bilmesem dayanamazdım sanıyorum. Alışamazdım ayrılığa. Ayrılığa alışılabilir mi onu da bilmiyorum ya...

Şimdi içime ağlamıyorum.

Aksine, güneş akşamları başka ülkeleri aydınlatmaya, ısıtmaya gittiğinde seviniyorum. Bir gün daha geçmiş oluyor. Babama bir gün daha yaklaşmış oluyorum. Güneşi bunun için çok seviyorum. Her doğuşunda, uykudan uyanınca her görüşümde, babamın gelmesi bir gün daha azaldı diye düşünüp coşuyorum. Bu coşkumu anlatamam sanıyorum.

Zaman ne biçim şeymiş? Elle tutulan bir şey sanki. Her sabah, babamı bana bir sabahlık daha ya-

kınlaştırıyor. Dünyamızı, yaşamayı, babamı seviyorum.

Ben içime ağlamıştım o gün.

Annem de ağlamıştı.

Gözlerindeki yaşları görmüştüm. Onlara dokunmak, onları silmek istemiştim. Öyle ağladığını ilk kez görmüştüm annemin.

Belki ilk değildi, ama ben anımsamıyorum daha öncesini.

Büyüklerin ağlaması unutulmuyor.

Babamı ağlarken görmedim hiç.

Ağlamasını istemiyorum elbette. Ama benden gizli ağladığını düşünüyor ve üzülüyorum. Keşke görsem ağlamasını! Görseydim eskiden demek istiyorum. Görseydim de, şimdi aklıma getirip doya doya ağlasaydım. Babalar güzel ağlarmış. O da benim babam. Bana, ağlamanın da güzelliğini öğretse ya. Gülmenin, sevmenin güzelini öğrettiği gibi...

O günden sonra evimize gitmedik.

Neredeydi o evimiz? Hangi mahallede olduğunu bile bilmiyorum. Babam gelince belki götürür beni oralara. Belki görünce bir şeyler anımsarım o yıllarımdan.

Babam gelmez olmuştu yanımıza. Biz annemle, dedemgilde kalıyorduk.

Birkaç hafta sonra, bazı günler gelmeye başladı babam.

Akşamları, hava kararmaya başladıktan sonra gelirdi sessiz sessiz. Çok kalmazdı bizimle. Kulağı kapıda, gözleri sokakta olurdu. Tedirgin otururdu birkaç saat.

Yine de güzel güzel konuşurdu benimle. Dizinde hoplatırdı. Sırtına, boynuna bindirip koşardı odalarda. Masallar anlatır, şiirler okurdu. Neler yaptığımı sorardı. Bu ayrılık günlerinin biteceğini, birlikte olacağımızı söylerdi. İşleri çokmuş, onun için beni görmeye gelemiyormuş.

Bana kızma emi, derdi.

Kızardım aslında. Ama kızmadığımı söylerdim ona.

Anlamış gibi başımı sallardım. Anlamazdım. Kızmıyorum ama işlerin çabuk bitsin derdim.

Ne bilirdim ki babamın işlerinin kolay kolay bitmeyeceğini.

İş dediğinin onu mapusaneye götürecek olan şeyler olduğunu. Polislerle sürekli bir kovalamaca yaşadığını ve o günlerde sıkı bir biçimde arandığını.

Dinlerdi ve beni gülerdi tatlı babam. Çok isterdim onun her akşam evimizin kapısını çalmasını. Çok isterdim, uyuyana kadar kucağında oturmayı. Ben bunları söyleyince de o, akıllı kızım benim derdi, can kızım derdi.

Sonra, geldiği gibi giderdi sessizce.

Gözlerindeki hüznü görürdüm ben. Üzüldüğümü ona göstermek istemezdim. O gittikten sonra da evdekilerden alırdım hıncımı. Hırçınlaşırdım. Söz dinlemez, yemek yemeyi istemezdim. Bağırır çağırırdım herkese yoktan yere. Bir şeyleri kırmak ister, tepinirdim.

Anlarlar mıydı hırçınlığımın nedenini? Bilmiyorum.

Bazen gündüzleri de gelirdi. Daha az ürkek olurdu o zaman? Kapıdan girer girmez beni kucağına alırdı. Havaların güzel olduğu günleri seçerdi gelmek için.

Alışmıştım onu ara sıra görmeye.

Bilirdim havanın güzel olduğu bir gün geleceğini. Gelip beni kucaklayacağını bilirdim. Anneme, babam bugün gelir mi acaba derdim. Bilmem ki yavrum, belki gelir derdi annem, ama sen bekleme diye eklerdi. İşinin çok olduğunu söylerdi babamın.

Ne işi olduğunu söylemezlerdi bana.

Güzel havalarda gelirdi. Çıkardık dışarıya. Gezdirirdi beni. El ele koşardık. Rengârenk balonlar alırdı bana. O günlerden beri balonları çok seviyorum.

Arkadaşlarının evlerine, işyerlerine götürürdü beni. Yemekler yerdik oralarda. Otururken canım sıkılırdı bazen? Ne var ne yok dağıtmak isterdim. Babam hiç kızmazdı bana. (Arkadaşları da kızmazdı o zaman.) Kır kızım, kır dağıt derdi. Yaramazlık yapmayayım diye arkadaşları beni kucaklarından bırakmak istemezlerdi ama bir yolunu bulup kaçardım mutlaka. Odaları gezerdim. Tanımayanlar bile severdi beni. Zaten babamın arkadaşlarının hepsi de çocukları seviyordu.

Ne içersin dediklerinde, ben çay deyince şaşırırlardı. Sanırlardı ki bütün çocuklar gazoz, kola falan içerler. Oysa ben çayı çok seviyorum. Annem de severdi babam gibi. Çayı azıcık şekerle içemiyorum ama olsun, ona da alışırım büyüdükçe.

* * *

Nelere alışmadım ki?

Kitapçı dükkânlarına giderlerdi birlikte.

Oralarda Can'ın arkadaşları, tanıdıkları vardı. Onlar da severdi Gülcan'ı. Sen büyü, okumayı öğren, sana bol bol kitap veririz, derlerdi. Boyama kitaplarından verirlerdi. Okula ne zaman gideceğini sorarlardı. Sevinçle alırdı boyama kitaplarını Gülcan. Ama o zamanlar bilmezdi kitapların ne işe yaradığını. İki günde yırtar atardı. Babasının kitaplarını da yırtardı. Babası kızardı. Surat asardı. Gülcan üzülürdü yaptığına. Bir köşeye oturur, sesini çıkarmazdı ilkin. Boynunu bükerdi. Sonra yavaş yavaş kafasını kaldırır ve babasına koşardı. Atlardı kucağına. Üzgün bir sesle, bir daha yapmayacağını söylerdi. Öperdi babasını ve yumuşatırdı. Babası, Gülcan'ın yırttığı kitapları dikkatle yapıştırır ve kitapların dünya güzelliklerinin birer parçası olduğunu anlatırdı. Giderek, kitapların sevilesi şeyler olduğunu anlamaya başlamıştı Gülcan.

Sonra da, babasının kitaplığını korumak görevini üstlenmişti, kendiliğinden. Kitaplığa başka şey koyanlara kızardı. Kül tablası, sigara, bardak falan koyduklarında alıp atardı. Okunacak şeylerden başka şeyler konmaz buralara bilmiyor musunuz? derdi. Büyüyünce kendisinin de kitaplığının olacağını düşünür, sevinirdi. Onu en güzel kitaplarla dolduracağım derdi babasının ve annesinin arkadaşlarına.

Kitapları eline alıp, okur gibi yapmak, ciddi ciddi sayfalarını çevirmek hoşuna giderdi. Okur gibi yaparken gülmezdi hiç. Babası onu böyle görüp, aferin kızıma, okumayı sevecek deyince, keyiflenirdi.

Babasıyla gezmeye gittikleri parklarda, Gülcan eğlendikçe babasının gülmeleri daha bir güzelleşirdi. Günün nasıl geçtiğini bilmezdi Gülcan. Karnı acıkmazdı. Zaten babası, parktaki satıcılardan ya da yollarının üstündeki büfelerden bir şeyler alırdı kızına. Bazen simit alırdı ve karşılıklı yerlerdi çayla birlikte. Çay bahçelerinde oturup çayla simit yemeyi çok seviyordu Gülcan. Özlüyor o günleri şimdi. Babam gelse de, şimdi kim çabuk yiyecek yarışması yapsak diye düşünüyor.

O gezmeleri severdi Gülcan.

Havanın kararmasını istemezdi o gezmelerde. Kızım uykun geldi mi diye sorardı babası, yok derdi Gülcan. Babasının, karnın acıktı mı, üşüdün mü, yoruldun mu sorularını da, hayır diye yanıtlardı. Babasıyla biraz daha oynayabilmek, oturabilmek, konuşabilmek için yalan söylerdi. Bilirdi babasının böyle yalanlar söylemesine kızmayacağını. Önemli olan sevginin gerektirdiği şekilde davranmak değil miydi?

Bilirdi Gülcan, ayrıldıktan sonra uzun bir süre görüşemeyeceklerini.

Bayram günleriydi o günler Gülcan'ın. Bayramın bitmesini, bayramın çabuk bitmesini hangi çocuk gönlü isterdi ki? Hiçbir çocuk istemezdi bayramın bitmesini. Gülcan ister mi? Üstelik gün bile sayılmazdı, bayram saatleriydi onlar. Acıkmak, yorulmak, üşümek, uykusu gelmek de ne oluyormuş bayram saatlerinde...

Sonra yorgun argın eve dönerlerdi. Gülcan'ın ayakta durmaya hali kalmamış olurdu. Öperdi onu babası. Yatağına yatırır ve uyumasını bekledikten sonra çıkardı odadan.

Sabahleyin uyanır uyanmaz, babam gitti mi? diye sorardı. Sormadan önce, odalara, salona bakar ve göremezdi. Ayakkabılıkta da ayakkabısını göremeyince son umut olarak sorardı. Yanıtlarının sonunu beklemeden boynunu bükerdi Gülcan. Keder çökerdi gönlüne. Büyür de büyürdü. (Can sıkıntısı denilen şeyin, o anlardaki duyguları olup olmadığını düşündü sonraları.) Ve hemen o gün başlardı, keşke babam bugün gelse demeye.

Bir dahaki gelişine kadar düşlerinde görürdü babasını.

* * *

Babamla kulak uzaması oyunu oynardık. Yalan söyleyenlerin kulakları uzarmış derdi babam. Ben herhangi bir şey söyleyince, bakayım kulakların uzamış mı derdi. Kulaklarıma bakardı. Ben, uzamadı diye yeminler ederdim. Saklamaya çalışırdım kulaklarımı. Bir yandan da korkardım ya uzadıysa diye.

Bir de şemsiye güneş oyunumuzu anımsar gibiyim. Sabahleyin uykudan kalkınca sorardı annem ya da babam. Şemsiye mi, güneş mi? diye. Gece yatağımı ıslatmışsam şemsiye derdim. Islatmamışsam güneş derdim gülerek. Babamgil de şemsiye ya da güneş resmini boynuma asıverirlerdi. İkisini de hazırlamıştı babam kartonlara. İplere de bağlamıştı. Nerede ki şimdi o kartonlar?

Babam, ne istersem almaya çalışırdı bana.

Bazen bir şey istediğimde, param yok, sonra alalım yavrum, olur mu? derdi. Ya da iki üç ay parasının olmayacağını söylerdi. Anlamazdım ben para olmamak ne demekti. Ama bir engelin olduğunu anlardım. Alamıyordu işte. Üzülürdüm ama hemen geçerdi üzüntüm. Çünkü bir gün istediğim şeyin alınacağını bilirdim. Babam ya da annem mutlaka alırdı. Ya da almayacaklarını açıkça söylerlerdi bana. Pahalı derlerdi. Ne demekse? Onu alacak paramız olmaz bizim yavrum derlerdi. Ben de ısrar etmezdim o zaman. Bilirdim ki beni üzmek istemezdi ikisi de. Ben niçin onları üzecektim ki?

Aklıma geldi. Bir komşumuz vardı. Çocuklarının ikisi de koleje gidiyordu. Onlara imrenirdim. Babacığım büyüyünce ben de koleje gideyim mi diye sorardım. Gülerdi babam. Iıh, seni koleje gönderecek para olmaz bizde derdi.

Bizim çok paramız yoktu. Babam da annem de öğretmendi. Öğretmenlerin çok parası olmazmış. Şimdiki öğretmenimden de biliyorum. Aldıkları para azdı. Zor geçiniyormuşuz. Sonra uzun süre işsiz kalmış babam. Öğretmenlik de yapamamış yani. Annemin de işe gitmediği zamanları anımsıyorum. Okula gitmeyen öğretmen olur mu hiç. Öğretmen okula gitmez mi hiç? Öğrencilere kim ders anlatır öğretmen okula gitmeyince? Sonra büyüklerin konuşmalarından duyduklarım var. Öğretmenlikten atmışlar babamı. Arkadaşlarından çoğu öğretmendi babamın, onlardan da biliyorum.

Şimdi düşünüyorum da koleje gitmeyi hiç istemiyorum.

Orada çok para alıyorlarmış. Para ile okuyormuş çocuklar. Hiç para ile okumak olur mu? Parası olmayanların çocukları nasıl okuyacak o zaman? Bizim sınıfta birçok yoksul öğrenci var. Ben de öyle sayılırım. Sınıfımızdakilerin birkaçı dışındakilerin ailesi okul için para veremez ki. Onlar nasıl okuyacak? Yok yok, kolejde okumak istemiyorum ben.

Hem kolejde okuyan çocuklar oyun oynamaya zaman bulamıyorlar. Hep ders çalışıyorlar, kursa gidiyor ya da evlerinde ders alıyorlar. Oysa ben derslerimi de yapıyorum, oyun da oynuyorum. Oyunsuz çocuk olmaz diye düşünüyorum. Bunu biliyorum. Hem kendimden, hem de babamın mektuplarından biliyorum. Okuduğum öykülerden de biliyorum.

Alamayacağı şeyleri alırım deyip kandırmıyordu babam beni. Bunun için ona inanıyorum ben. Bir şeye söz verip de tutmadığını görmedim onun. Dediğinin adamı olmak çok önemlidir, diyor mektuplarında. Ben onu böyle tanıyorum. Bunun için babama inanıyor, güveniyorum.

İnanmayı ve güvenmeyi öğretti bana babam.

Anneannem beni severken bile hüzünlü oluyordu.

Hüznü de mi biliyorsun demeyin.

Babamın mektupla yazdığı öykülerindeki kuşların yaşadığının adı değil mi hüzün?

Niye bilmeyeyim ki?

Anneannem, babama ve anneme üzülüyordu.

Ayrılığın kötü olduğunu anlamaya başlıyordum. Ağlama diyordum anneanneme. Bana sarılıp daha çok ağlıyordu.

Kadersizim diye diye ağlıyordu.

Ben kadersiz miyim?

Kaderi mi yaşıyorum?

Değil, değil!

"Kader sanma yaşananı kekliğim
Sevgindendir çektiğin"

demişti bir öyküsünde babam. Babam mı demişti bunu? Yoksa öyküdeki yavru kekliğin annesi mi? Bilemiyorum. Ama doğru demiş, doğru yazmış. Kader değil bu ayrılıklar. Hep babam gibi iyi insanları mı çocuklarından ayırır kader? Hep annem gibi iyi insanları mı?

Bir komşumuz vardı, Kemal Amca. O da babam gibi mapusta şimdi. Onun benden iki yaş küçük bir kızı var. O da babasından ayrı. Kemal Amca da çok iyi bir insandı. Sendikacıydı. Evlerinde kitaplar doluydu. Sık sık ya biz onlara giderdik, ya da onlar bize gelirdi. Babamgil Kemal Amca ile konuşur da konuşurdu. Ben anlamazdım ne konuştuklarını. Ama işçi haklarından, emekten, boykottan, grevden, miting yapmaktan söz ederlerdi. Getirdikleri dergilerden yazılar okur tartışırlardı. Birilerine kızarlar, küfrederlerdi. Bazen bir arkadaşlarının öldürülmesiyle ilgili konuşurlar, bazen katılacakları bir cenaze töreninden söz ederlerdi. Konuştuklarının ne olduğunu anlamaz ama yine de dinlerdim ben yüzlerini seyrederek. Nasıl da ciddi olurlardı. Düşünürler, dişlerini sıkarlar, ellerindeki şeyleri kırmak isterlerdi zaman zaman. Şimdi Kemal Amca da mapustaymış. İşçilerin haklarını savunduğu için kızmış ona da Hükümet.

Bir de geçenlerde babamın bir arkadaşı gelmişti bize. Yeni çıkmış mapustan. Dört yıl yatmış. Yanında çocuğunu da getirmişti. Birkaç saat oturdular. Konuştuk, oğluyla oynadık. İkisi de çok iyi insanlardı.

İyi insanları mı mapuslara götürüyorlar diye sordum o Amcaya da, güldü bana. Şimdi kendi kendime soruyorum aynı soruyu. İyi insanları mı mapuslara götürüyorlar?

Dedemin dediğine göre, kötüler de varmış mapusta. Aynı dünya gibiymiş mapusaneler de. Hem iyiler, hem kötüler varmış yani. Ama sıkıyönetim olunca, babam gibi, çocukları seven insanlarla dolarmış mapusaneler, insanlara iyilik etmek isteyenlerle dolarmış. Bunları söylemişti dedem.

Dedemin de çok üzüldüğünü anlıyordum o zamanlar. Biliyordum annemle babamın gelemeyişlerine üzülüyordu.

Niye gelmiyorlardı, gelemiyorlardı, bilemiyordum.

O zamanlar polisler gelip gitmiyordu evimize.

Gelselerdi, ta o zamanlar öğrenirdim babamgili polislerin aradığını. Belki mapusaneye girmenin ne demek olduğunu da öğrenmiş olurdum o zaman.

Şimdi düşünüyorum da, demek ki dedemgilin evini bilmiyorlarmış o zamanlar. Babamla annemi eski evimizde arıyorlarmış.

Annem de gelmez olmuştu.

O da gelmiyordu babam gibi.

Şimdi ona da mektup yazabilseydim, onunla da söyleşebilseydim, bunları ona da anlatacaktım. Ama, onu bir daha görebilme umudum yok. Onunla sarılmayacağız birbirimize. Bu yüzden yalnız babamla söyleşebiliyorum.

Annemle ilgili düşüncelerimi, az anlatıyorum. Bu, onu daha az sevdiğim için değil elbette. Ama o yok ki! Şimdi annem yerine de babamı seviyorum. O benim babam, ama aynı zamanda annem, kardeşim, arkadaşım, sırdaşım da olacak. Babam bazen mektuplarında, benim küçük dostum diye yazıyor da, sevinçten uçuyorum, yaa!..

O yazın sonunda gelmişti babam.

O gelmeden bir gün önce de annem gelmiş ve sevindirmişti beni. Bugün birlikte olacağız kızım, yarın da baban gelecek ve seni İstanbul'a götürecek, demişti.

Sen gelmeyecek misin annem? demiştim.

Gelemeyeceğim, benim işlerim burada demişti.

İşlerim burda demişti. İşleri neydi ki? Bilebilsem!

Gelmişti, ertesi gün gelmişti babam.

Bu gelişi, artık ayrılıklarımızın başlamasından sonraki gelişiydi. Asıl bundan önceki gelişini anlatmalıyım. Daha önceki gelişini. Anlatmalıyım ki, ayrılıklarla nasıl kardeş olduğumu söylemiş olayım.

Anımsıyorum işte.

Biz annemle dedemgildeydik. Evimizden ayrılmıştık hani. Babam başka evlerde kalıyormuş arkadaşlarıyla. Annem hastaydı biraz. Evde yatıyor ve dinleniyordu. Okula gitmiyordu.

Kıştı.

Ayaz vardı.

Babam da gelmişti o akşam.

Gündüzleri sokağa çıkamıyordum soğuktan.

Geceleri zaten hiç çıkmazdım. Kimse çıkmazmış.

Karanlıktan çok korkardım. Şimdi korkmuyorum.

Pencerenin önünde oturuyor, dışarıyı seyrediyordum gündüzleri.

Gece de televizyon izliyordum.

Beni erkenden yatırmak istiyorlardı ama dinlemiyordum. Uykum, yok, biraz daha oturayım diye yalvarıyordum. İzin veriyorlardı çaresiz.

O gece de geç vakte kadar oturduktan sonra uyumuşum. Yorgundum çünkü. Babamla boğuşup durmuştuk. Masalını bile dinleyememiştim. Öylesine yorgundum o gece.

* * *

İçerden bir gürültü geliyor.

Uyanıyor Gülcan. Ağlamaya başlıyor.

Odasının ışığı yanıyor hemen. Kapıda, tanımadığı biri duruyor. Ağlama diyor Gülcan'a. Korkuyor o. Anne! diye bağırıyor ağlamasını sürdürürken. Annesi geliyor odaya koşarak. Annesinin yüzünde kızgınlığı, korkuyu, ürkekliği görüyor. Daha bir korkuyor. Yat yavrum, uyu, bir şey yok diyor annesi usul usul. Üstünü örtüyor. Saçlarını topluyor okşayarak, öperek. Yatağın yanındaki sehpadan mendili alıp kızının boynundaki, ensesindeki terleri siliyor. Uyu yavrum diyor öperken.

Gözlerini kapatamıyor Gülcan.

Gülcanlarının ağlamasına dayanamaz ki onlar.

Ağlıyor yeniden. Bir susup bir ağlamaya başlıyor. Annesinin 'sus kızım'larını duymazlıktan geliyor. Bekliyor ki dedesi gelsin, anneannesi gelsin, eğer akşam gitmediyse babası gelsin! Ama kimse gelmiyor. Niye gelmiyorlar diye düşünüyor Gülcan ve sesini yükseltiyor.

Annesinin kucağında salona geçiyorlar. Odasındaki adama bakıyor. O da geliyor arkalarından. Sinsi sinsi geliyor diye düşünüyor.

Salonda bir subay görüyor Gülcan. Üzülüyor mu seviniyor mu? Yok, yok, şaşırıyor yalnızca.

Daha önce hiç böyle yakın olmamış bir subayla. Akrabaları, tanıdıkları içinde hiç subay yok ki, nasıl olsun. Komşularında da yok. Uzaktan seviyor subay giysilerini.

Bu gece çok yakınında, hem de kendi evlerinde bir subay görüyor. Şaşıracak elbet. Subaya gülüyor bile, öteki somurtkan adamı unutup. Subay yaklaşıyor Gülcan'a. Kucağına almak istiyor. Ama Gülcan gitmiyor. Daha bir sarılıyor annesine. Başını saklamak istiyor. Subay, yanaklarını okşamakla yetiniyor. Yatırın çocuğu diyor annesine. Duyuyor subayın sesini Gülcan. Kaldırıyor başını. Salonun kalabalık olduğunu görüyor. Babasından, dedesinden, anneannesinden başka kişilerin de ayakta beklediklerini görüyor.

Gürültü yapmayın, çocuğun odasına da kimse girmesin, diyor subay.

Sonraları Gülcan, ah keşke bütün subay amcalar bu amca gibi iyi kalpli olsalar diye düşünüyor.

Bir şey olduğu belli çünkü.

Geceyarısı bu yabancı adam ne yapıyor ki odasında? Bakmaya çalışıyor adama. Işık gözlerini alıyor. Battaniyesinin altından ellerini çıkarıp gözlerine siper ediyor. Annesinin hemen arkasında dikilen, anlamsız gözlerle kendisini ve annesini izleyen adamın gözlerinin içine bakıyor. Bir eliyle de gözlerini ovuşturuyor, belki daha iyi görmek, belki uykusunu açmak için.

Bir şey anlamıyor adamın gözlerinden.

Donuk, duygusuz bakışlar görüyor. Annesine bakıyor. Yüzünden bir şey anlayabilir miyim diye düşünüyor bakarken. Kaygı görüyor. Üzülüyor. Ayaktaki adamın annesini kaygılandırdığını düşünüyor hemencecik. Tekmeleyerek iteliyor üstündeki battaniyeyi. Elleriyle dayanıp, ayaklarını karnına doğru çekiyor. Oturuyor yatağın içine.

Annesi bir şey demiyor. Ayaktaki adam da ses etmiyor. Ne yapacağını bilemiyor Gülcan. Konuşmak istiyor, sorular sormak istiyor, ama ne konuşacağını, ne soracağını bilemiyor.

Annesi kucağına alıyor Gülcan'ı. Göğsüne bastırıyor. Sırtından pışpışlamaya başlıyor. Biliyor Gülcan, annesinin bunu kendisini uyutmak için yaptığını. Uyusa mı? Düşünüyor bir an.

İçerlerden, öteki odadan ve salondan ses gelmiyor bu aralar. Kulağını verip dinliyor. Duyamıyor bir şey. Oysa ışıkların yandığını görüyor. Dedesigilin uyanık olduğunu düşünüyor. Öyleyse diyor kendi kendine, ağlayayım. Ağlarsam, dayanamazlar, gelirler yanıma. Bir şey mi oldu acaba diye düşünürler. Ya da beni de yanlarına götürürler.

Çünkü çok karşılaşıyor daha sonra subaylarla.

Ama hiçbiri onun gibi sevecen davranmıyor Gülcan'a.

Gülcan yine ağlıyor.

Susturamıyorlar. Subaya bakıyor. Subay gülüyor. Ağlama kızım, biz şimdi gideceğiz. Uyu sen diyor. Annesi, odasına götürüyor Gülcan'ı. Yatağına yatırıyor.

Masal anlattı mı? Bilemiyor Gülcan. Uyuyor, nasıl uyuduğunu bilemeden.

Neler olduğunu bilemiyor o gece.

Sabahleyin de unutuyor geceki yaşadığını. Uzun süre hiç gelmiyor aklına. Sonra, çok sonra, polislerle ve askerlerle yine karşılaştığında anımsıyor.

Akşam oluyor.

Babası gelmiyor.

Babam gelmeyecek mi? diye soruyor annesine.

Yok, diyor annesi, bir süre gelmeyeceğini söylüyor.

Niye gelmeyeceğini düşünüyor Gülcan. Yine soruyor, nerede babam? diyor. İstanbul'a gitti diye yanıtlıyor annesi. Rahatlıyor mu Gülcan? İnanıyor mu?

İnanmış olmalı ki, iyi, İstanbul'dan ağlayan bebek getirir bana diyor.

Babasından ilk ayrılığı bu oluyor Gülcan'ın.

İlk, uzun denilebilecek ayrılığı.

* * *

O ayrılık günleri nasıl geçti bilemiyorum.

Ama o kışın, kötü kışlardan biri olduğunu biliyorum.

Babamsız geçen ilk kışımdı.

Havalar biraz ısınmaya, evimizdeki saksılarda ve sokaklardaki ağaçlarda çiçekler açmaya başlayınca kavuştum babama.

Nasıl mı bekledim o kavuşma gününe kadar?

Bilemiyorum. Çünkü, o günleri hiç mi hiç anımsamıyorum. Anımsadığım yalnızca ayrılık gecesi. O da güç bela geldi aklıma. Ama babamın geldiği günü, onunla kucaklaştığımız günü anımsıyorum nedense. Anlatayım mı?

O gece subay amcanın yanındakilerin polisler olduğunu ve evimizin dışının da askerlerce çevrilmiş olduğunu sonradan öğrendim. O gece babamı götürdüklerini de. Belki götürülmeden önce gelip beni öpmüştür. Bilmiyorum. Uyumuş olmalıyım. Belki öpmesine bile izin vermemişlerdir.

Kış ayları ağır ağır geçiyordu.

Sisli ve soğuktu Ankara.

Bir akşam dedemgil haberleri dinliyorlardı televizyondan. Ben ortalıkta oyuncaklarımı dağıtıp duruyordum.

Aha çıkıyor, diye bağırdıklarını duydum annemgilin.

Ses kimindi bilemiyorum şimdi. Ama bizimle ilgili bir

şey olduğu kesindi. Çünkü bir sevinç çığlığıydı duyduğum. Oyuncaklarımı bırakıp yüzlerine baktım evdekilerin. Kulakları ve gözleri televizyondaydı. Susmam gerektiğini anladım. Çok önemli haberlerde böyle olurlardı ancak. Ben de söz vermiştim, haberlerde gürültü yapmamaya.

Bekledim.

Bir dakika mı, yoksa daha uzun bir süre mi?

Bana çok uzun geldi o suskunluğum.

Haberin bittiğini yüzlerinden anladım.

Rahatlamışlardı.

Oh çekmişlerdi, duymuştum.

Kim çıkıyor? diye sordum çekine çekine. Çıkma neydi onu da bilmiyorum ya. Ne çıkıyordu? Kim nereden çıkıyordu? Ya yanlışsa sorum? Ya herkes gülerse bana? Ama olsun. Önemli bir şey olduğu belliydi. Bir de sezmiştim benimle de ilgili bir şey olduğunu. Çünkü yüreğim küt küt atmaya başlamıştı. Kendiliğinden hem. Durup dururken niye hızlansın ki?

Ayağa kalkmış ve annemin gözlerinin içine bakmıştım.

Baban geliyor, diyerek güldü annem.

Yerinden kalktı ve beni kucağına aldı. Öptü, öptü, sonra da kollarımdan tutup çevresinde döndürdü. Anlamıştım çok sevindiğini.

Ben de sevinmiştim. Yaşasın! diye bağırdığımı anımsıyorum. Annem yerine oturduktan sonra da, ne zaman geliyor babam? diye sorduğumu.

Yarın, dedi annem.

Yarın gelecekti demek. Güzel babam gelecekti demek. İçim boşaldı. Tüy gibi hafif hissettim kendimi bir an. Ne diyeceğimi, ne düşüneceğimi bilemedim.

O zaman anladım, babamı çok, ama pek çok özlemiş olduğumu.

Özlemek neydi ki?

Babamı görmek, onun konuşmasını dinlemek, onunla oyunlar oynamak istedim. Gelsin babam diye sızlanmaya başladım. Hıı dedi annem, aylardır duruyorsun da, bir gece mi duramayacaksın?

Duramam elbette dedim.

Nasıl durabilirdim! Babam geliyordu. Gerçekten geliyordu. Bekleyebilir miydim ertesi güne kadar? Bekleyemeyeceğimi sanıyordum.

Ben oturup bekleyeceğim babamı, dedim.

Yatmadım. Yatıramadılar. Bağırdım, ağladım, tepindim. Babam bu gece gelecek! dedim.

İçime doğmuştu sanki. İçimden bir ses, baban bu gece gelecek! baban bu gece gelecek! diyordu sanki. Gelecekti babam. İnanıyordum buna. Annemse beni inandırmaya çalışıyordu. Yavrum, yarın gelir baban. Hep böyle olur, hadi sen yat. Yat da yarın güzel ol. Uyursan güzel olursun, baban daha çok sever seni.

Aldırmıyordum annemin dediklerine. İçimden gelen sese inanıyordum ben. O daha güzelini söylüyordu hem.

Evet ona inanıyordum. Çünkü inadımı artırıyordu o ses.

Bu gece gelecek baban!

Bu gece gelecek baban!

Bu gece! Bu gece!

Gelecek gelecek!..

Nereden geliyordu babam?

Niçin daha önce gelmemişti?

Koca bir kışı benden ayrı yerlerde nasıl geçirmişti? Hiç mi aklına getirmemişti beni? Bilmiyordum bunları. Ama geleceğini biliyordum ya, ona sorardım gelince.

Sevinçle dolmuştum. Yere oturdum. Kimselere aldırmadım. Oyuncaklarım yerde dağınık dağınık duruyordu. Onları da toplamadım. Bakmadım bile.

Gelecek babam!

Bu gece gelecek hem!..

Gözümün ucuyla odadakilere bakıyordum. Ne oldu bu çocuğa der gibi birbirlerine bakıyorlardı. Üstüme gelmek de istemiyorlardı. Suratımı asarak başımı önüme eğdim. Çok mu komik durumdaydım? Hepsi gülmeye başlamıştı halime.

Bardağına bir rakı daha doldurdu dedem. Çok oldu falan dediler ama, dinlemedi. Kurtulmuş Can, sevinçten içiyorum dedi.

Nelerden kurtulmuştu babam? Kimlerin elinden kurtulmuştu? Çok merak ediyordum ama hemen de bitiyordu merakım. Çünkü geleceğini biliyordum. Kendisine soracaktım nelerden, kimlerden kurtulduğunu.

Benimle ilgilenmez olmuşlardı. Yatıramayacaklarını anlamışlardı sanıyorum. İnadımı biliyorlardı çünkü.

Ellemeyin, şimdi uykusu gelir dediğini duymuştum dedemin. Varsın öyle sansınlardı. Uyumayacaktım işte. Yine de zoruma gitti beni hafife almaları. Uyumayacağım işte! diye isyan eder gibi bağırdım. Babam gelecek bu gece, uyumayacağım, anladınız mı? diye bağırdım sertçe. Ayağa kalkıp ellerimi de belime koydum.

Tamam kızım, tamam uyuma dediler.

Kızıyordum gelmez dedikleri için. Gerçekten isyan etmek istiyordum.

O akşam, annemin getirdiği ve vazoya yerleştirdiği çiçeklerden bir papatya alıp fala baktım.

Çiçek çok sevilirdi evimizde. Yirmi iki tane saksımız vardı. Anneannem onları sever, okşardı, çocuk sever okşar gibi. Onlar yapraklandıkça, tomurcuklandıkça, çiçek açtıkça mutlu olurdu.

Annem de delisiydi çiçeklerin. Kır çiçeklerini eksik etmezdi vazomuzdan. Daha içindekiler solmadan yenilerini getirirdi. Özene bezene yerleştirirdi onları. Ben seyrederdim, annemi, çiçekleri ve onun çiçeklere sevgisini. Kıskanırdım bile.

Ben de sever oldum çiçekleri. Vazoya ben de yerleştiriyorum kimi zaman. Saksıların suyunu da verdiğim oluyor. Kızılay'da görünce almak istiyorum. Arkadaşlarıma çiçek sunmak istiyorum. Bana çiçek verilince seviniyorum. Evimize çiçekler getirilince sevinçten uçuyorum.

Gelecek gelmeyecek gelecek gelmeyecek gelecek gelmeyecek...

Bir haykırdım ki sonunda!

Duymalıydı babam!

Geleceeeek!

Fırladım yerimden. Dört döndüm odanın içinde.

Evdekiler şaşkınca baktılar ilkin. Sonra da gülüverdiler. Yaa, dedim onlara, bakın işte, gelecek babam. Papatya çiçeğim bile öyle söylüyor!

Gözlerimden uyku akıyordu.

Babam olsaydı, yanıma gelirdi, bir parmağını yanaklarımın altında gezdirir, bak bak bak, uyku buralara kadar gelmiş, derdi. Yok, derdim ben, çenemi gösterirdim. Daha burada. Ya da gıdığımı gösterirdim. Babam öperdi benim gösterdiğim yerleri. Aha bak derdi, uyku gitti buralardan, geldi gözlerinin altına. Hadi yat, yat da küsmesin sana uyku.

Uyumak istemiyorsam, başka yerlerimi gösterirdim. Böylece uzardı oyunumuz. Ben yorgun düşerdim sonunda. Babamla oynaşa koklaşa uyurdum. Gözlerim kapanırken de onun masallarına dalardım.

Ama o gece yoktu işte.

Bekliyordum. Gelecekti. Kim uyutabilirdi beni? Uyutmak için gelenlere aldırmıyordum. Kimseyi yaklaştırmak istemiyordum yanıma. Sinirlenmiştim gerçekten. Dokunsalar patlayacak gibiydim. Dakikalar geçtikçe yerimde duramaz olmuştum. Babama da kızmaya başlamıştım usuldan. Niye gelmiyordu? Bir yandan da korkmaya başlamıştım. Ya gelmezse? Ah, nasıl da üzülürdüm! İçimden gelen sese güvenim azalırdı hem. Çiçeklere sevgim azalırdı belki. Ama nasıl olurdu? Nasıl yalan söylerdi papatya? Hayır, hayır diyordum kendime. Yalan söylemez içimdeki ses, yalan söylemez papatyam diyordum. Atıyordum kuşkuyu içimden. Yalvarıyordum. Gelse bu gece babam, gelse!

Gelmeliydi. Gelmeliydi babam!

* * *

Zil çalıyor.

Kapının zili bu.

Gülcan, uyumamak için direniyor oturduğu koltukta. Uyku tutsak almak istiyor gözlerini. Ama izin vermiyor o. Çocuk gönlü ayaklanmış. Kendisiyle bir yarışmaya girmiş sanki. Kendisini sınıyor Gülcan. Uyumuyor. Bekliyor babasını. Geleceğini biliyor. İçindeki ses öyle söylemiş. İçindeki kuş seslerine inanıyor Gülcan. O kuşların cıvıltılarını sever de, kuşlar yalan söyler mi ona hiç?

Televizyon kapanmış. Evdekilerin hiçbiri yatmamış. Sessiz sessiz oturuyorlar. Dedesi ağır ağır rakısını yudumluyor. Annesi bir kitap okumaya çalışıyor dalgın dalgın. Anneannesi elindeki örgüyle oyalanıyor. Söküp söküp yeniden örüyor habire. Masadaki çalar saatin tiktakları bozuyor odanın sessizliğini. Üçünün de gözü Gülcan'da.

Zil çalıyor.

Gülcan fırlıyor hemen.

Babam geldi! Babam geldiiii! diye bağırarak koşuyor kapıya. Kapının yanına varınca duruyor. Açamıyor çünkü. Boyu yetişmiyor. Babaa! diye bağırıyor annesini beklerken. Annesi gelip duruyor kapıda bir an. Kim o? diye soruyor.

Kızıyor annesine Gülcan. Niye soruyor? Niye geciktiriyor babasıyla kucaklaşmasını? Bilmiyor mu babasının geldiğini? Bilse ya!

Benim Can! diyor dışardan babası.

Benim Can! Sesini duyunca bir hoş oluyor Gülcan.

Dizleri titriyor. Neredeyse yere yığılıverecek. Kutluyor bir yandan da kendisini. O bir an içinde teşekkürler yağdırıyor içindeki sese, kuşlara. Papatyaya bir gülümseme gönderiyor. Gururlanıyor. Göğsünün kabardığını, taşacak gibi olduğunu anlıyor.

Yığılıyor.

Yığılıyor ama yere değil, babasının kucağına!

Sonrasını bilemiyor.

İlk ayrılıklarının ilk kavuşmasını böyle anımsıyor...

O günden sonra yine birlikte oluyorlar babasıyla.

Kendi evlerine gidiyorlar dedesigilden. Taa ki, yeni

ayrılığa, uzun ayrılığa, zor ayrılığa kadar birlikte oluyorlar. Hâlâ bitmeyen ayrılıklarına kadar... Babasının, *"Eylül ayrılığı!"* dediği ayrılığa kadar...

O günlerde ağlayan bebeği eskimişti Gülcan'ın. Ağlamıyordu da. Babasının, yenisini almak için geleceğini biliyordu.

Ağlayan bebeğiyle oynarken düşünüyordu. Çocuklar niçin ağlayan bebek isterler diye soruyordu kendine. Gülen bebekler daha iyi değil mi diye ekliyordu. Yoksa oyuncakçılar yalnızca ağlayan bebek mi satıyorlardı? Niye? Ben gülmeyi çok istiyorum diyordu.

Gülerek yaşamayı istiyor ve herkesin de gülmesini istiyordu. Ağlayanları avutmak, ağlayanların ağlamalarını gülmelere çevirmek için mi acaba çocuklar ağlayan bebekler isterler diye soruyordu kendine. Kendisi de ağlayan bebek istiyordu çünkü. Babasının da onun bu isteğini bildiğini biliyordu Gülcan.

O günlerde bir ağlayan bebek almıştı babası.

Al güzelim, ama çok ağlatma bebeği olur mu? demişti.

Çok ağlatmamıştı Gülcan. Ama, kendisi ağlamak istediği zamanlarda, bebeğini ağlatmıştı. Sonra, kendini avutur gibi bebeğini avutmuştu. Ne masallar uydurmuştu bebeğine, ne masallar!..

O günler çok çabuk geçmiş ve babası yine görünmez olmuştu. Gülcan'a söylememişti nedenini. O da nasıl soracağını bilemiyordu. Yalnızca görmek istiyordu babasını.

Çok görmek, sık görmek, hep görmek istiyordu. Ama az görebiliyordu işte.

Bir gün annesi, baban gelecek yavrum, seni İstanbul'a götürecek dedi.

Ertesi gün geldi babası.

Yazın sonlarındaydılar.

Ağaçların yaprakları sararmaya başlamıştı. Sokaklarda sarı sarı yaprakları savuruyordu rüzgâr. Yolların kenarlarına biriken sarı yaprakları süpürüyordu çöpçüler. Dallar çıplak kalıyor ve üzüyordu Gülcan'ı. Evlerindeki saksıların çoğunun da yaprakları düşüyordu sarardıktan sonra. Hüzünle bakıyordu onlara Gülcan. Atmıyordu o yaprakları. Annesinden öğrenmişti o yaprakların çiçeği beslediğini. Birbirlerine kaynaşsınlar diye saksılardaki yaprakları o çiçekten o çiçeğe taşıyordu. İçine bir sıkıntı veriyordu bu yüzden yazsonu.

Gündüzleri sokakta olurdu Gülcan. Oynayacak bir şey olmasa da, iki komşu çocuğu ile birlikte toz toprak içinde koşuştururdu. Taksiler geçiyor diye yola çıkmalarına izin verilmezdi. Merdiven altlarında falan kendi kendilerine oynarlardı. Pek oyun da bilmezlerdi hani. Kim öğretecekti ki? Nerede oynayacaklardı? Uçurtma uçuracakları bir yer bile yoktu. Elim sende, çizgi, evcilik gibi oyunlar oynayabiliyorlardı ancak.

Geldi babası.

Babasının sigarasını hep Gülcan yaktı.

Çok severdi sigara yakmayı. Kibriti olsun, çakmağı olsun, yakıp üflemeyi çok severdi. Belki bütün çocuklar severdi, ama Gülcan özellikle severdi. Babası hele bir unutsun yaktırmayı söndürmeyi. Kızardı. Babası da kızının bu huyunu bildiği için sigara içtiğinde beklerdi onu. Hatta birlikte bir yerlere gittiklerinde, arkadaşlarının sigarasını da Gülcan'ın yakmasını isterdi. Hey, kızım yaksın sigaranı, yoksa kızar, derdi.

Kibritle yaktığında üflemekte geç kalırsa parmakları yanardı bazen. Baba, üff! der ve parmaklarını tutup öperdi Gülcan'ın. Geçti değil mi güzelim? derdi. O da, geçti, sen öpersin de geçmez mi babacığım der, acısını unutuverirdi.

Bir sevinirdi ki! Bir yeri acıdığı, kesildiği, yaralandığı zaman, bir yerlere çarptığı, düştüğü zaman, koşa koşa babasının ya da annesinin yanına gelirdi hemen. Alışmıştı buna. Acıyan yerini gösterir, öpülmesini isterdi. Öpülünce acı kalmaz mıydı gerçekten? Gülcan'a öyle gelirdi.

Şimdi de bir yerlerine bir şey olunca, örneğin kafasını bir yere çarpınca, ya da düşünce, ya da parmakları (ah, o ipince, şipşirin parmakları!) acıyınca, dizi kanayınca, (oynarken çok düşüyor Gülcan, yere değen ve acıyan yerinden çok yüreği sızlıyor.) babasını, annesini düşünüyor. Ah diyor, olsaydılar da öpüverseler, hiç acımazdı, ben de ağlamazdım, diyor.

Sabah yarı uykuluydu Gülcan.

Akşamında babasının geldiği sabah.

Annesi giydirdi. Giydirmeden önce de üçü birlikte kahvaltı yaptılar güzel güzel. Şakalaştılar. Söyleştiler. Sonra da vedalaştılar.

Babası Gülcan'ı kucağına aldı. Bir elinde de valiz vardı. Duraktan bir taksiye bindiler. Annesi ellerini salladı arkalarından. Gözleri dolu muydu ne? Gülcan da ağlamaklı oldu. Taksinin arka camından salladı durdu elini. Annesi iyice görülmez oluncaya kadar, elleri yoruluncaya kadar.

Takside uyumuş. Sabah erken kalkmaya alışık olmadığı ve taksinin hafif sarsıntısı ninni gibi geldiği için uyumuş Gülcan.

Uyandığında trende buldu kendini.

Ne güzel yolculuktu o! diye anımsadı sonraları bu tren yolculuğunu.

Uyuyor Gülcan trende.

Uyumadığı zamanlar konuşuyorlar babasıyla. Koltukların arasında koşuşturup duruyor, ara sıra düşse de aldırmıyor. Trenle ilk yolculuğu bu. Seviyor treni. Yolcuların bir kısmı ilgilenmese de çoğu seviyor Gülcan'ı. Ne tatlı kızmışsın sen'le başlayıp konuşuyorlar. Adını soruyorlar, yaşını soruyorlar. Güzel güzel söyleşiyor onlarla Gülcan. Bir şeyler ikram ediyorlar. Çekiniyor, almam diyor önceleri, ama alıyor sonunda. Kimi ciklet veriyor, kimi bisküvi. Ama trenin takır tukurları uykusunu getiriyor. Sokuluveriyor babasının yanına.

Yine geldi, diyor usulca. Gözlerinden belli oluyor zaten. Yat yavrum, diyerek yer hazırlıyor babası. Koltuklar geniş. Üstünü battaniyesiyle örtüyor babası. Yastığını da almışlar yanlarına. Yastığı ve battaniyesi olmadan bir yere gitmez zaten Gülcan. Öylesine alışmış onlara. Battaniyesinin kenarındaki kırmızı yumuşaklığı elinde tutarak uyuyor. Orayı tutmadan uyuyamıyor sanki. Mavili yeşilli bir battaniye...

Eskimiş olmalı şimdilerde. Babası anımsar mı ki o battaniyeyi? Eskise de atmıyor onu Gülcan. Canı çok sıkkın olduğunda istiyor anneannesinden. Üstüne onu örttürüyor. O battaniyesi, sanki annesiyle babasının anılarıyla yüklü. Sanki onların sıcaklığıyla, sesleriyle dolu. Öyle hissediyor Gülcan. Onu üstüne örtünce ısınıyor ancak. Onun altına girince yalnızlığından sıyrılabiliyor, can sıkıntısından kurtulabiliyor. Bir de onu örtünce annesini ve babasını düşünde göreceğine inanıyor. Bir şerit var battaniyesinin kenarında. Yumuşacık, kırmızı bir şerit. Onu parmaklarının arasına alınca rahatlıyor Gülcan. Onu okşaya okşaya uyumayı seviyor. Onu okşaya okşaya dalıyor uykusuna ve düşlerine. Güzelim düşlerine!..

* * *

Uyumuşum.

Bir de uyandım ki babaannem beni seyrediyor.

Onun bembeyaz saçlarını karıştırmayı çok severdim.

Uzattım elimi saçlarına. Gülüverdim uykulu uykulu. O da beni öptü. Kucağına aldı. Aman da canım kızım uyanmış! diye hoplattı. O anda da gürültü başladı evde. Daha önce olsa uyanırdım. Babam söylemiştir, Gülcan'ım gürültüde uyuyamaz, susun demiştir.

Babam nasıl uyuyor ki? Onlarca kişi aynı yerde yaşıyorlarmış. Tek odada. Adı neydi? Ne denirdi o odalara? Koğuş mu? Evet koğuş? Mektuplarına da öyle yazıyoruz ya. Falan koğuş diye yazıyoruz ya zarfın üzerine. Orda işte. Her yer demir. Demir sesleri, kapılardaki zincirlerin şakırtıları, düdük sesleri, köpek havlamaları...

Özgür Amcam geldi odaya. O da hop hop hoplattı. Büyümüşsün kız! dedi. Sonra da boğuşmaya başladı benimle. Onunla boğuşmayı çok severdim.

Güzel günlerim başlıyordu yine.

Babamla birlikte oluyorduk gece gündüz.

Aynı odada uyuyorduk. Koynunda uyuyordum masallarıyla. Sonra hemen yanındaki küçücük yatağıma koyuyordu beni. Ben uyuduktan sonra da kitap okuyordu. Kitap okumayı çok seviyordu babam. İşlerine de, bana da, kitap okumaya da zaman ayırıyordu. Geceleri mutlaka okuyordu. Bana masal anlattıktan sonra, dalıyordu kitapların dünyasına canım babam.

Biliyor mu ki onun masallarını nasıl özlediğimi? Heidi'yi, Pinokyo'yu, Küçük Prens'i, Behrengi'nin birçok masalını biliyorum. Öyle güzel anlatırdı ki babam. (Daha önce anneanneme okutuyordum masalları, üç yıldır kendim okuyorum. Okumayı ben de çok seviyorum babam gibi. Babam bunu öğrenince, bunun gerçek olduğunu görünce nasıl sevinecek biliyorum.) Keloğlan'ı, Küçük Kara Balık'ı özledim? Babamı da özledim!

Günlerce gezdik, koştuk, koşuşturduk İstanbul'da.

O zaman tanımaya, öğrenmeye başlamıştım İstanbul'u. Deniz kıyılarına götürmüştü beni babam. Aman ne çok suydu! Mavi mavi, yeşil yeşil, beyaz beyaz... Ne çok gemiler, kayıklar, motorlar gelip geçiyordu. Babam onları göstermiş, anlatmıştı bana. Ama unutmuşum. İyi öğrenememişim demek ki. Ya da hepsi birden öğrenilemiyormuş... El sallamıştım gemilere. Bir iki yerde ayağımı denize sokmuştum. Korkarak uzatmıştım. Aman ne derindi öyle! Bakmaya bile korkuyordum. Dibi görünmüyordu.

İnsanlar bu sulara girip yüzerler, oynarlar, sen de girmek istemez misin? demişti babam.

İsterim, demiştim.

Kış geliyor, ama havanın güzel olduğu bir gün yakalarsak gidelim kızım, demişti sonra babam.

Ve ilk kez denize girmiştik.

Güneşli bir gündü.

Babam bir bikini almıştı bana o gün. Hâlâ saklıyorum onu. Şimdi küçük geliyor bana, olmuyor. Giyemiyorum. Ama kimseye de vermedim. Vermiyorum, vermeyeceğim. Babam bana, insanlarla her şeyimizi paylaşmayı öğrenmeliyiz, diyordu ama, o bikini güzel bir anı benim için. Nasıl unuturum, üst kısmına gözlük diyordu babam. Gözlüklerini taktın mı? gözlüklerini düzeltsene deyip güldürüyordu beni. O ilk çocukluk günlerimi, o ilk denizi anımsatıyor bana. Yoksa bencil değilim. Babamın dediği gibi davranıyorum. Oyuncaklarımı kıskanmıyorum arkadaşlarımdan. Babamın yazdıkları geliyor aklıma. Kardeş kardeş oynuyoruz arkadaşlarımla. Oyuncaklarımızı ortak kullanıyoruz. Kırıyorlar bile. Önceleri kızıyorum, ağlıyorum ama hemen unutuyorum. Babamın, oyun başkalarıyla güzeldir dediği geliyor aklıma. Küsmüyorum arkadaşlarıma. Onları kırmıyorum bu yüzden. Onlarla iyi geçiniyorum, hepsini seviyorum. Onlara babamdan öğrendiğim masalları, öyküleri anlatıyorum. Oyuncaklarımızı birlikte kullanmamız gerektiğini söylüyorum. Böyle daha iyi oluyor arkadaşlığımız.

Denize gittiğimizi anlatıyordum.

Giderken sevinçli ve heyecanlıydım ama, babam bana bikinimi giydirdikten sonra deniz kıyısına gelince korkmaya başladım. Kumlara oturduk önce. Güneş nasıl da yakıyordu.

Vücuduma krem sürdü babam. Bunu sürersek güneş az yakar yavrum, dedi. Biraz oturduktan sonra denize girmek, sularla boğuşmak için ayağa kalktık. Ben korktum. Ağlamaya başladım. Korkma dedi babam, ama korkmuştum bir kez.

Girmem! diye bağırmıştım? Babam anlamıştı iyice korktuğumu. Peki kızım, biz girelim şimdi, sen bizi seyret. Sonra istersen girersin. Girmek isteyince bana seslen. Bak nasıl seveceksin, diyerek koştu denize. Bir de sana yüzmeyi öğreteceğim dediğini anımsıyorum.

Babam, Özgür Amcam ve arkadaşları boğuşup durmuştu sularda. Yarışmışlardı. Öyle neşeliydiler ki!

Gittiğimiz yer plaj falan değildi. Bir minibüsle İstanbul'un dışında, orman kıyısında bir yerde piknik yapıyorduk. Ben babaannemle oturup onları seyretmiştim.

Çığlıklarını duydukça, suları sıçrattıklarını gördükçe hevesleniyordum.

Baba, baba!.. diye bağırdım.

Geldi yanıma. Anlamıştı ne istediğimi. Kucağına aldı. Yürüdü denize doğru. Birkaç adım attıktan sonra boynuna aldı. Adım adım ilerliyorduk denizde. Su, dizlerini, göbeğini geçti babamın. Benim ayaklarıma değmeye başladı. Ürperiyordum, korkuyordum. Babamın başına sımsıkı sarılıyordum. Bağırmak istiyor, ama bağıramıyordum. Geri dönmek de istemiyordum, çünkü denizle tanışma hevesiyle dolmuştum. Hem benim yaşımda birçok çocuk girip girip çıkıyordu denize.

Nasıl olsa babam vardı yanımda. Deniz bir şey yapamazdı bana.

Serin sular bacaklarıma, vücuduma değmeye başladıkça daha çok yapıştım babama.

Alıştım.

Alıştıktan sonra da hiç çıkmak istemedim denizden.

En keyifli günlerimden biri de o gündü!

Babam bana yüzmeyi öğretmeye çalıştı ama bir günde nasıl öğrenecektim? Hem korkum, azalmış da olsa sürüyordu. Tek başına giremiyordun denize. Dizimi geçen yere gidemiyordum. Birisi götürmek isteyince bağırıyor, ortalığı yıkıyordum sanki. Ağlıyordum da, dayanamayıp beni uzağa götürmekten vazgeçsinler diye. Babam da ısrar etmedi, anladı korkumu. Denizi böyle sevdikten sonra, önemli değil yavrum, korkunu da yenersin, yüzmeyi de öğrenirsin dedi bana. Bu dediğini anımsıyor mu şimdi acaba?

Anımsıyor mu?

Dediği çıktı çünkü.

Denizden korkmuyorum artık. Yüzebiliyorum da.

Korkmadan giriyorum. Boyumu geçen yerlere bile yalnız başıma gidebiliyorum. Kolluklar ve simitlerle alıştım. Ama artık bunlar olmadan da gidebiliyorum. Fazla uzaklaşmıyor ve yakınımda biri bulunsun istiyorum yine de. Yüzdükçe de babamı düşünüp seviniyorum. Yüzdüğümü görse nasıl sevinirdi kimbilir?..

Gelecek yaz onunla birlikte denize gireceğiz diye şimdiden heyecanlanıyorum. Çünkü o zaman, bundan sonra her yaz birkaç gün de olsa denize gideriz diye söylemişti babam. Daha önceki yıllarda deniz akıllarına bile gelmiyormuş nedense.

Denize gittiğimiz o günü unutmadığıma inanır mı acaba? Anlatacağım ona. Birlikte anımsayacağız. Görecek kızının nasıl yüzdüğünü. Görecek denizden korkmadığımı. Denizden korkulmaz ki! Deniz ne güzel bir şey. Sanki bir başka dünya sular. Denizi çok çok seviyorum ben. Bu sevgimi babam anlayınca çok sevinecek.

Bir de o günlerde ormana pikniğe gittiğimiz günü unutmuyorum. Koca bir çınarın dallarına salıncak kurmuştu babam benim için. Onlar da sallanmıştı salıncakla. Çünkü çok kalın iplerle kurulmuştu. Bir de aynı gün testi kebabı yemiştik. Babam yapmıştı. O yaparken seyretmiştim ben. Bir testiyi et parçalarıyla ve doğradığı sebzelerle doldurup, toprağın altındaki fırının ateşine gömmüştü. Sonra testiyi kırıp içindekileri bir siniye yerleştirmişti. Nasıl da lezzetli olmuştu! Ondan sonra hiçbir yerde yemedim testi kebabını, görmedim. Ne kadar çok sevmiştim ki, yıllar geçtiği halde unutmuyorum onu. Çıkınca söyleyeceğim babama, bir kez daha yapsın o testi kebabını. Yine birlikte yiyelim güle oynaya...

Bir de beni Antalya'ya götürmeye söz verdiğini unutmuyorum babamın. Bir Şair Abi varmış orada, arkadaşı. Güzel şiirler yazıyormuş. (Onun şiirlerinden yazıyordu babam mektuplarında.) Antalya'ya gideceğiz, Şair Abi'yi göreceğiz, oranın denizi de bir başka güzeldir kızım demişti babam. Bu sözünü unutmuyorum babamın. Gelince anımsatacağım.

Gülhane Parkı'na da gitmiştik. Ankara'nın Hayvanat Bahçesi'ndeki gibi hayvanlar vardı orada da.

Çocukların hepsi niye maymunları seviyor? Ben de en çok onları sevmiştim. Nasıl sevimli şeyler. Onlar muziplik yaptıkça, kendim g□ibi çocuklar gördüğüm için mi seviyorum onları acaba? Babam anlatırdı da inanmazdım. İnsanların atası maymunmuş derdi. Okulda da öğretmenimiz söyledi aynı şeyi. Maymunların bir kısmı ellerini kullana kullana ormandan uzaklaşmışlar. Çook sonra da değişerek insana dönüşmüşler. Kılları azalmış, kuyrukları kaybolmuş, ayakta durmayı öğrenmişler. Önce pek inanmazdım ben buna. Ama öğretmenimiz bu değişmenin çok çok uzun yıllar boyunca olduğunu söyleyince inanmaya başladım.

Öğretmenine inanmaz mı hiç insan? Öğretmenime de babama inandığım gibi inanıyorum. Onun da yalan söylemediğini biliyorum. Babam, her mektubunda olmasa bile birçok mektubunda, öğretmenini sev der bana. Gerçekten seviyorum. Öyle çok şey öğretiyor ki bize. Hem o beni de, bütün çocukları da seviyor. Böyle bir öğretmen nasıl sevilmez? Böyle bir öğretmene nasıl inanılmaz, nasıl güvenilmez?

* * *

Bir kez de tiyatroya gittiler.

İlk kez gitti Gülcan.

Babası, elinden tutup götürdü. Giderken anlattı tiyatronun ne olduğunu. İlk kez gördü Gülcan, çok şaşırdı.

Gözlerinin önünde bir şeyler konuşuyor, bir şeyler yapıyordu insanlar. Daha bir gerçekti tiyatro, sinemaya benzemiyordu.

Öyle gülmüştü ki Keloğlan'a!

O, çok gülünce Keloğlan gelip yanağından bir makas almıştı Gülcan'ın. Sahneden inmiş, çocukların arasına karışmıştı. Gülcan güldükçe mutlu olmuştu babası. Onunla birlikte gülmüştü. Çocuklarla çocuk olmayı bilen babasını, bunun için de çok severdi Gülcan.

Şimdilerde babası gibi insanlar arıyor çevresinde. Babasının arkadaşlarından Kel Amca'sını seviyor.

Babası gibi o da diye düşünüyormuş.

Kendisiyle konuşan, oyun oynayan insanları çok seviyor.

Hep onları görmek istiyor çevresinde.

Özgür Amca'sını da çok seviyor bu yüzden.

* * *

Hep düşünüyorum o günleri.

Hep yeniden yaşıyorum.

Yine öyle güzel günler yaşayacağız diye bekliyorum.

Babamla boğuşur, oyunlar oynardık. Saklambaç, elim sende, körebe, bilmece oyunları. Dağıtırdık evin her yerini. Kimse de bir şey diyemezdi bize. Ne diyebilirlerdi ki, kocaman adamdı.

Hem benim babamdı o.

Hem de, hem de, ben bilmiyordum ama o zaman aranıyormuş babam. Belki de benimle bir daha böyle uzun süre birlikte olamayacağını düşünüp, günlerimizi dolu dolu geçirmeye çalışıyordu. Nereden bileydim ben. Hiç belli etmiyordu! Boykot yapmış babamgil. Okula gitmemişler. Bildiri dağıtmışlar. Gazete çıkarmışlar. Hükümet kızıyormuş babamgile. Öğretmenler siyasetle uğraşmaz, bu işler siyasettir diyormuş. Bunları Kel Amcam anlatmıştı sonraları bana. Babamın niçin mapusta olduğunu sorduğumda anlatmıştı... Babamın arkadaşlarına, yanından gelenlere, sorup anlattırıyorum hep. Babamın nasıl yaşadığını, onların anlattığıyla ve mektuplarda yazdıklarıyla öğrenmeye çalışıyorum. Babamın öğretmenliğini, insanların kimeye boyun bükmeden, kardeşçe ve barış içinde yaşamaları için nasıl uğraştığını pek anlayamasam da, öğrenmeye çalışıyorum. Kel Amcam usanmadan yanıtlıyor böyle sorularımı. Yaşamını öğreneceğim babamın. İnat ediyorum öğrenmeye. Öğreneceğim ve babam gibi yaşayacağım ben de. Ben de onun gibi, insanların kitaplardaki gibi güzel yaşamlara kavuşmaları için uğraşacağım.

Ne güzel yaşamıştık yazın o son günlerini!

Herkes öyle güzel günler yaşasın, her baba, her anne çocuklarıyla öyle mutlu olsunlar diye yatıyormuş babam mapusta. Doğru öğrenmiş miyim acaba?

Ne güzel yaşamıştık!
Daha da yaşayacaktık.
Ama yaşatmadılar!
Ne olduysa bir sabah oldu!..

Eylül Ayrılığı

Yüzü sapsarı Can'ın.

Gülcan'ın güleç babası gülmüyor bu sabah.

Bugün evden çıkamayacağız yavrum, diyor kızına.

Can'ın annesinin evindeler.

Kardeşi ve annesinden başka karı koca bir de konuğu var Can'ın.

Gecenin geç saatlerine dek oturmuşlar, söyleşmişler, tartışmışlar. Babası ve arkadaşları konuşurken, Gülcan da televizyon izlemiş babaannesiyle birlikte. Uykusu gelince yatmış. Yatmadan önce de, ertesi gün lunaparka gideceklerine ilişkin söz almış babasından.

Sabahleyin babasının, bugün evden çıkmayacağız yavrum, demesinin nedenini bilemiyor Gülcan.

Lunaparka gitme hevesinin kursağında kalmasına üzülüyor.

Surat asmak istiyor, asamıyor. Çünkü babasının yüzü

gülmüyor. Gülmek istediği halde gülemiyor kızına. Çok önemli şeyler olduğunu hissediyor Gülcan. Bu nedenle de sesini çıkarmıyor. Suskun suskun oturuyor, düşünmeye çalışıyor.

Sorsa, anlatır mıydı babası? Bunu düşünüyor. Bilemiyor. Belki, anlatmayacağı şeylerdendir bugün olan diye geçiriyor kafasından. Belki anlatsa bile anlayamam, diye avutuyor kendisini. Dilinin ucuna geldiği halde soramıyor. Babacığım, niye yüzün gülmüyor, ne düşünüyorsun, diyemiyor.

Pencereden sokaklara bakıyor. Sokakları bomboş görüyor. Mahallenin çocukları bile çıkmamış dışarıya. Hava kötü dese, değil. Evin içinde üşünmüyor çünkü. Pencereyi açıp dışarıya bakıyor. Güneşli bir hava var. Sıcak üstelik.

Bu Eylül ayında Ankara'da olsa, bunaltıcı ve yakıcı bir rüzgârla iç içe yaşayacağını düşünüyor.

İstanbul'da da rüzgâr var. Elini uzatıyor dışarıya Gülcan. Anlamak istiyor rüzgârın sıcak olup olmadığını. Soğuk diyor kendi kendine, ağaçların yapraklarını bile üşütür bu rüzgâr. Sonra güneşe bakıyor. Gözleri kamaşıyor. Seviniyor. İyi ki güneş var, diyor içinden. Rüzgâr vız gelir...

Mahallenin köpeği Garip, miskin miskin oturuyor duvar dibinde. Uyukluyor. Gülcan önceleri korkardı ondan. Giderek alıştı. Garip'in, babasıyla oynadığını, zıpladığını, kuyruk salladığını görünce alıştı. İlk kez elini yaladığında nasıl da korkmuştu! Garip de utanmıştı herhalde. Üzülmüştü Gülcan'ı korkuttuğuna. Kuyruğunu sıkıştırıp boynunu bükmüştü mahzun mahzun. Babası gelip Gülcan'ı avutmuş; Garip bir şey yapmaz kızım, gel bak, demiş ve elinden tutup Garip'in yanına götürmüştü. Korkuyordu. Gülcan, ama babası yanındaydı. Ürkek ürkek dokunmuş, onun yumuşacık tüylerini sevmişti. Gülcan okşadıkça Garip sevinmiş, kuyruğunu sallamıştı. Kafasını uzatmıştı Gülcan'a, okşasın diye. Ön ayağını uzatmış, tokalaşmak, dost olmak istemişti. Çekine çekine tutmuştu Gülcan da. Sonra iyi arkadaş olmuştu Gülcan'la Garip.

Açtığı pencereden Garip'e seslendi.

Kafasını bile kaldırmadı Garip. Hafifçe kuyruğunu kımıldattı yalnızca. Onun da canı sıkkın herhalde, diye düşündü Gülcan. Kapattı pencereyi. Kapatırken de, kulağına kaba kaba seslerin geldiğini ayrımsadı.

Duyduğu seslerin ne olduğunu sordu babaannesine.

Tankmış yavrum, askerler gidiyorlarmış bir yerlere, diye konuştu babaannesi. Kahırlıydı sesi, üzgündü.

Yeri titreterek tanklar geçiyordu ana yoldan.
Bir de askerlerle dolu kamyonlar.
Vızır vızır polis arabaları, sirenler.
Devriyeler tutmuş sokakları.
Gecekondu mahalleleri kuşatılmış.
Kent silahların gözetimine alınmış.
Bu kentte de av...

Nereye gidiyorlarmış? Savaş mı oluyor yoksa?

Gülcan böyle sordu irkilerek. Sorarken de babasına baktı.

Savaştan korkuyor Gülcan. Birlikte izledikleri savaş filmlerinde, hep savaşa karşı çıkıyor babası. Biliyor Gülcan savaşın kötü şey olduğunu. Babasından biliyor.

Sorusu ortada kaldı.

Kimse duymadı mı beni, diye düşündü Gülcan.

Bekledi. Belki birisi yanıtlar diye evdekilerin yüzüne baktı tek tek. Kimse bakmıyordu ki, göz göze gelsin. Gelsin de ona yöneltsin sorusunu.

Vazgeçti beklemekten.

Bir köşeye oturup babasıgili izlemeye başladı... Dışardan çocuk sesleri geldi kulağına. Hemen pencereye koştu, dışarıya baktı. Komşu çocuklarıydı. Çıkmışlardı demek. Koşturuyorlardı. Heveslendi Gülcan.

Ben de sokağa çıkabilir miyim baba?

Babası ses etmedi ilkin. Kalkıp pencereden baktı.

Çık ama, uzaklaşma buralardan. Pencereden görebileyim seni, olur mu güzelim?

Babaannesi giydirip gönderdi Gülcan'ı.

Herkesin yüzü yumuşadı sanki...

Çocuklar sokakta oynuyorlar, ama sokaklar sessiz olunca oyunlarının tadı yok.

İnsanlar evlerinde bekliyorlar. Kimse sokağa çıkmıyor. Kimse işine gitmemiş bugün. Gitmek için sabahleyin evinden çıkanları devriyeler geri göndermiş.

Herkesin annesi babası evdeymiş bugün.

Sokağa çıkmak yasak!.. Bunu öğrendi. Gülcan arkadaşlarından. Öğrendi ama anlamadı niye yasak olduğunu, yasağın ne olduğunu...

Can, kardeşi ve iki arkadaşı televizyonun karşısındalar. Radyo hep açık, yanlarında. Önlerinde gazeteler dolu. Ara sıra yavaş yavaş konuşuyorlar birbirleriyle. Sıkıntılı oldukları yüzlerinden, seslerinden belli...

Oyunun ve sokağın tadı yok ya, Gülcan biraz sonra geliyor eve. Sessizce oturuyor bir koltuğa. Ben geldim, diye bağırmak istiyor, ama vazgeçiyor. Kimsede keyif olmadığını görüyor. İşaretle çay istiyor babaannesinden. Babasıgili izlemeye başlıyor.

Gece, önemli şeyler olduğunu sezinliyor.

> *Babası yine gazetelerle meşgul. Babasının gazete okumayı çok sevdiğini bilir Gülcan. Hatta onun her gün Cumhuriyet gazetesi aldığını da bilir? Bazen başka gazeteler de getirir babası ve okur hepsini. Onun bazen bir kısım yazıları kestiğini görür Gülcan. Sorar niye kestiğini. Saklayacağım bunları, ilerde gerekebilir, der babası. Gazetelerden bir yer kesildiğinde, önemli şeylerin yazılmış olduğunu anlar Gülcan. Okumayı bilse, o önemli şeylerin ne olduğunu öğrenecek!..*

Babasının yanına dikilip gazetelere o da bakıyor gözucuyla.

Okuyamadığı için yalnızca fotoğraflara bakardı gazetelerde. Babasının gazetesinde de öyle çok fotoğraf olmazdı ki! Yine de bazen kanlar içinde yatan birinin, bazen insan yığınlarının fotoğraflarını görürdü. Sorardı babasına. Bir iyi insanın öldürüldüğünü, ya da işçilerin, öğrencilerin, öğretmenlerin miting yaptıklarını, yani hep bir araya toplanıp yürüdüklerini, bağırdıklarını, isteklerini söylediklerini anlatırdı babası. Anlamazdı Gülcan, ama yine de sormadan edemezdi.

Babasının o kadar çok yazıyı nasıl okuduğunu düşünürdü Gülcan. Babasını, gazete okurken hayran hayran seyretmeyi severdi. Ama bu işe alışana kadar az çektirmemişti babasına. Elinden gazeteyi alıp yırtmak isterdi. Benimle oyna, derdi. Ama zaman geçtikçe; oyun zamanı oyun, gazete zamanı gazete, demişti babası gibi. Kabullenmişti bunu...

O gün de seyretti babasını.

Gülcan'ın sessizliği babasının hoşuna gitmişti.

Canım kızım benim, diyerek okşadı. Nasıl da biliyorsun sıkıldığımı ve hiç sesini çıkarmıyorsun. Aferin! Hele şu günler geçsin, bu sessizliğinin ödülünü alacaksın yavrum...

Güldü Gülcan, sevindi Gülcan

O günden yıllar sonra bile Gülcan hâlâ o suskun gününü düşünür. Kendisinin ve sokakların sustuğu o günü. Ah, der kendi kendine, ondan önceki günlerimiz gibi koşturabilsek, türküler söylesek, coşku dolu, sevinç dolu günler geçirsek!.. Asıl önemlisi, geçireceğine inanması! Babasının mapusluğunun nasıl olsa bir gün biteceğine inanıyor. Kendisinin büyüdüğünü, bu yüzden daha az yorulacağını, daha çok koşup oynayabileceğini düşünüyor babasıyla. Babasını daha az yoracağını, ona kendisini taşıtmayacağını düşünüyor. Güzel günler yaşayacağına inanıyor.

Can, gazeteleri karıştırıyor sürekli. Satır aralarından bir şeyler çıkarmaya çalışıyor. Kulağı radyoda, televizyonda. Annesi, kardeşi ve konukları da telaşlı ve tedirginler. Boyuna çay içiyorlar, sigara tüttürüyorlar ve sessiz sessiz konuşuyorlar aralarında.

Gülcan'la oynamıyor hiçbiri. Oysa akşam nasıl da sırayla oynamıştı hepsi. Tek tek göz gezdiriyor Gülcan onların yüzlerine. Sıkıntılı olduklarına karar veriyor. Bakışlarının bulanık olduğunu düşünüyor. Derin derin düşündüklerini seziyor. Endişeli olduklarını anlıyor. Onlar bu haldeyken oynamasının anlamsız olduğunu hissediyor. Giderek oynamak isteği yok oluyor içinde. Babam gülmezken ben nasıl güleyim, diye düşünüyor.

Kızım, sana bir masal anlatayım mı? diyerek giriyor Can, Gülcan'ın uykuya hazırlandığı odaya.

Oysa biraz önce hepsine "iyi geceler" öpücüğü verdikten sonra yatmaya gelmişti Gülcan. Babasından masal istememişti. Koymuştu başını ve masalsız uyumaya çalışmıştı.

Demek babası, bu gece de masalsız koymayacaktı kızını.

Seviniyor Gülcan. Çok seviniyor, çoook! Babasının o gün ilk kez gülümsediğini görüyor. Kendisi de gülüyor. Sarılıveriyor boynuna. Sarılıveriyor boynuna ve gözlerini kapatıveriyor. Bir yandan babanın masalını dinlerken, bir yandan da düşler kurmaya çabalıyor ve gülümsüyor uykuya geçemeden önce...

Can; babası çok uzaklara giden bir yavru serçenin, yuvasında beklediğini anlatan bir masalla süslüyor Gülcan'ın uyku öncesini. Masalın sonunun nasıl geldiğini bilemiyor Gülcan. Uyumuş. Sonradan, çok sonradan, masalın sonunu anlamadığıma kızdı mı ki babam? diye düşünüyor. Kızmayacağını sanıyor. İnsanın her şeyi aklına yazamayacağını bildiğini düşünüyor babasının. Daha unuttuğu neler var çünkü. Babasının da birçok şeyi unutmuş olabileceğine karar veriyor. Kendi kendine söz veriyor, babasıyla ilk birlikte olduklarında masalın sonunu mutlaka anlattıracak. Eğer babam da unuttuysa yeni bir son bulur mutlaka, diye kuruyor kafasında. Yavru serçenin babasına kavuşup kavuşmadığını düşünüyor. Göklere, uçmaya, özgürlüğe kavuştu mu ki masalın yavru serçesi, diye soruyor kendine...

Serçeyi düşününce bir başka şey geliyor aklına. Bir martı. Babasının sonraları mektuplarında anlattığı bir martı. Babası, bir kitapta okumuş da kızına yazmış o martının öykünü. Adını anımsamıyor o martının. Ama özgürlüğü arayan bir martı olduğunu anımsıyor. Babasının, o martıyı anlatan "Martı" adlı kitabı birisine aldırıp okutturmasını söylediğini de anımsıyor. Sonraki günleri de. Ağlaya ağlaya aldırıyor. O günlerde kendisini görmeye gelen ve babasından da haberler getiren Özgür Amca'sına aldırıyor ve okutmaya başlıyor. Uykusu geldiği halde dinlemeye çalışıyor. Kitap bitmeden de uyuyor. Sabahleyin Martı'yı başucunda görüyor. Alıp eline Özgür Amca'sına koşuyor. Ama Özgür Amca'sı yok, gece gitmiş. Gittiğine daha da çok üzülüyor. Anneannesinden, kitabı okuyacağına ilişkin söz aldıktan sonra kahvaltısını yapıyor. Kahvaltıdan sonra da anneannesinin hiçbir iş yapmasına fırsat vermeden eline ki-

tabı veriyor. Okutturuyor... Dinliyor... Dinlerken dalıyor o martının dünyasına. Onun yerine koyuyor kendisini. Kaç kez öğreniyor adını, ama hep unutuyor. Adını unutuyor ama o martıyı çok seviyor, hiç unutmuyor... Daha başka kitaplar da okutuyor. Babası ona kitaplar öneriyor hep. Gülcan, kendisini en çok etkileyenin "Martı" olduğunu düşünüyor her zaman. Göğün en yüksekliklerine ulaşmak için sürüsünden atılmayı, yalnız kalmayı, cezalandırılmayı bile göze alan o minik martı! Sonra kendisi gibi küçük martılardan arkadaşlar bulan akıllı, yürekli martı! Çoğalıyor, özgür oluyorlardı o martılar? Bu öyküyü çok seviyor Gülcan...

Bir gün daha geçiyor.

Kaçıncı günün sabahıydı anımsamıyor ama, bir sabah uyandığında babasını, elinde bir fotoğraf makinesiyle oynarken görüyor Gülcan.

Fotoğraf çekeceğiz kızım. Sen büyüyünce bakıp bu günümüzü anımsayacağız, anımsayacaksın!

Önce istemiyor Gülcan. Ama baba razı ediyor onu.

Çok değerli birer anı olacak bunlar yavrum diyor.

Gülerken, ağlarken, somurturken, bağırırken, bir şeyler yerken, koşarken fotoğraflarını çekiyor Gülcan'ın.

Nanik yaparken de çekiyor.

Birlikte de çektiriyorlar. Babaannesiyle, amcasıyla da çektiriyorlar. Özgür Amcası, babasıyla güzel güzel pozlarını yakalıyor Gülcan'ın.

O fotoğrafların çok yıprandığını düşünüyor Gülcan yıllar sonra. Kendine kızıyor. Niçin değerini bilmedin bu güzelliklerin, aptal kız! diyor. Eline alıyor onları, bakıyor. Hor kullanmış olduğuna üzülüyor. Babasını düşünürken o fotoğraflarını alıyor eline. Odasının duvarlarını süslüyor onlarla. Bıkmadan bakıyor. Birinde, babası yanaklarından öpüyor Gülcan'ı. Birinde omuzlarında babasının, ellerini havaya kaldırmış. Birinde nanik yapıyor, ağzı kulaklarında. Birinde ağzı açık, bağırıyormuşum, diye düşünüyor, gülüyor. Birinde bıyıklarını çekiştiriyor babasının. Babasına bıyığın çok yakıştığını düşünüyor. Hiç kesmese keşke, diyor. Onu bıyıksız görünce tanıyamıyorum, diyor kendi kendine. Yine resimlerine bakıyor. Birinde burnunun aktığını, birinde dudaklarını büzdüğünü görüyor. İyi ki çekmişiz bu fotoğrafları, iyi ki aklına gelmiş babacığımın, diyor teşekkür eder gibi. Öpüyor fotoğrafları, fotoğraflardaki babasını. Yumuyor gözlerini, düşler kuruyor. Bu fotoğraflardan babasında da olduğunu biliyor; onun da aynı anda bakıp öpmesini, düşler kurmasını, kendisiyle söyleşmesini istiyor gönlünden. Gözleri doluyor. (Bilmiyor ki o fotoğrafların bir "yıkım" sırasında yerlere saçıldığını, yırtıldığını, bir tekinin bile babasında olmadığını!) Yıllar geçti, diyor...

Fotoğraf çektire çektire yoruluyor sanki o gün.

Aynı gün babası; benim biraz işim var kızım, gitmem gerek, sen Özgür Amcanla gezer misin bugün? diyor.

Anlıyor Gülcan. Biliyor babasının zorunlu kalmadıkça kendisinden ayrılmayacağını. Üzmek istemiyor.

Tabii babacığım. Sen işlerini bitir, sonra birlikte gezeriz, değil mi?

Gezeriz.

Can'ın sesinde keder var.

Babasının sesinden anlıyor Gülcan kötü şeyler olacağını.

Belki, ayrılacaklarını da seziyor.

İçi burkuluyor çünkü, babasının "gezeriz" sözünü duyunca...

Akşam geliyor babası. Yorgun. Dedesiyle telefonda konuştuğunu söylüyor Gülcan'a. Konukların gelip gittiğini söylemiş dedesi. Arıyorlarmış Can'ı. Konukların kimler olabileceğini düşünse de bulamıyor Gülcan. Soramıyor da.

O zamanlar bilemiyor babasını arayanların polis olduğunu.

Alıp hapishaneye götüreceklerini. Aralarına yollar, duvarlar, demirler, askerler koyacaklarını. Birbirlerine hasret edeceklerini baba kızı!

Yine yol göründü bana anam! diyor Can, annesine. Yine yokuş başladı. Ayrılık zamanıdır. Ben, Gülcan'ı götüreyim Ankara'ya. Sonra ararım sizi. Arayamazsam, haber gönderemezsem, bilin ki...

Gülcan'a bir şey demedi henüz. Ama o, anladı ayrı kalacaklarını. Bu ayrılığın ötekilere benzemeyeceğini de sezdi nedense. Babası çok çok üzgündü çünkü. Uzun sürecek bir ayrılığa hazırlanıyor gibiydi. Ortada kalakalmıştı Gülcan. Ne yapacağını bilemiyordu. Babasıgilin konuşmalarını dinledi bir şeyler anlayabilmek için.

İçi bir sızladı, bir sızladı o anlarda!

Çarçabuk hazırladı Gülcan'ı babaannesi. Ağlayacaktı, ağlayamadı ihtiyarcık. Sana doyamadım yavrum, dedi yalnızca.

Doymayı da öğrendi Gülcan.

Seni doya doya öperim, seni doya doya kucaklarım, dedi mektuplarında.

Boşuna demedi bunları.

Ankara'ya gidiyoruz kızım, annene! dedi Can, neden sonra. Gülcan hazırlanırken, gülümsemeye çalışarak söyledi bunları.

Hem üzülmüş, hem sevinmişti Gülcan. Neler oluyordu, bilemiyordu. Ama, babasıyla birlikte annesinin yanına gitmek sevindirmişti de. Daha sonra ne olacağını bilmemesi ise onu kaygılandırıyor, üzüyordu.

Sevinmeyi, üzülmeyi, kaygılanmayı da öğrendi Gülcan. Daha neleri, neleri öğrendi.

Akşam üzeri babasıyla birlikte çıktılar evden.

Babası çok güzel giyinmişti. Babasını en yakışıklı o gün görmüştü Gülcan. Yeni bir takım giysiydi üzerindeki. Siyahlı lacivertli bir giysiydi. Bu sabah almış olmalıydı. Ne de yakışıyordu babasına! İçine giydiği mavi gömlek öyle bir açmıştı ki! Saçlarını kısalttırmış, güzelce sakal tıraşı olmuştu Can. Bıyıklarını düzeltmiş, taramıştı. Gülcan yolmaya kıyamadı o gün babasının bıyıklarını, çekiştirmeye kıyamadı saçlarını. Her zaman dağınık olurdu da çok severdi. O gün kıymadı, canı istemedi. Hem havası da yoktu herhalde.

Gülcan'ın eşyaları bir valizdeydi. Amcası, çokça para vermişti babasına. Gerekir sana, yine gerekirse bizi ara, mutlaka bulur iletiriz, kaygın olmasın o bakımdan demişti parayı verirken. Babası da, biliyorum, demişti. Kucaklaşmıştılar hüzünle. Gülcan bakamaz olmuştu o kucaklaşmaya, o vedaya! Sanki bir daha kucaklaşamayacaklarmış gibi sarılıyorlardı birbirlerine çünkü. Nasıl da seviyorlardı birbirlerini!

Üzülmeyin, alışkınım böyle şeylere, dediğini anımsıyor Gülcan, babasının. Babaannesinin ve Özgür Amca'sının da; bizi merakta koma, kendine dikkat et ha! dediklerini...

Sonra Gülcan'ı da öptüler.

Can, size üzüntü verdim, bağışlayın! dedi çıkarken.

Ne demek oğul! Başımın üstündedir yerin. Hep dua edeceğim senin için! dedi annesi.

Evden çıktıktan biraz sonra açıldı babası. Neşesine kavuşur gibi oldu. Birlikte yürüdüler azıcık. Gülcan'ın elini sımsıkı tuttu.

Trene mi gideceğiz baba?

Evet canım! Ama tren uzakta daha. İstasyona gidip orada bineceğiz trene!

Hava kararmıştı, ama Gülcan'ın uykusu gelmemişti henüz. Bir otobüse, sonra bir dolmuşa bindiler. Sokaklarda insan azdı nedense. En çok polisleri ve askerleri görmüştü Gülcan.

Bir yerde durdurup arama yapmıştı polisler, askerler. Babasının üzerini aramıştı bir asker. İçinde Gülcan'ın eşyalarının bulunduğu valizi de eliyle karıştırmıştı.

Dolmuşla giderlerken Boğaz Köprüsü'nden geçtiklerini söyledi babası. Daha önce, boğaz kıysındaki bir çay bahçesinde otururlarken göstermişti de, gökte duruyor gibi, demişti Gülcan.

Dolmuştan inince azıcık yürüdüler. Bir kez daha arandılar, polislerce bu kez. Kimliğine bakarken korkmuş muydu Can? Bu kızın mı? dediler. Evet, dedi babası.

İstasyona geldiler. Eh, yetiştik trene, dedi babası. Pulman denilen vagona bindiler. Pulmanı da öğrendi Gülcan, içi otobüs gibi olanlara pulman denildiğini. Koltukları kocamandı, yarısı bile yetiyordu Gülcan'a.

O gece yolculuğunda çok çişi gelmişti Gülcan'ın. Kızım yeni yaptın ya, demiş, ama her kezinde de götürmüştü babası tuvalete. Çok çişi gelmişti gerçekten. Uyanıp uyanıp çiş demişti.

Sonraları, insan heyecanlanınca, korkunca, üzülünce, sevinince çok mu çişi geliyor, diye düşündü Gülcan.

Sabah Ankara'ya yaklaştıklarında babası bunu anlatıp güldürmüştü Gülcan'ı.

Sabahın erkeninde anneannesigildeydiler.

Tedirgindi babası oraya gelirken.

Sokaklar boştu. Askerle dolu kamyonlar ve polis arabaları dışındaki araç çok azdı yollarda. Daha bir taksiye binmeden yine bir arama yapıldı. Gülcan babasının kucağındaydı. Kimliğine baktılar Can'ın. Hiç aldırmadan bekledi o. Gülcan'ın valizini de aradılar bir daha.

Anneannesi açtı kapıyı, uykulu uykulu.

Şaşırdı Can'la Gülcan'ı görünce.

Gülcan'ı kucaklarken kapıyı kapattı hemen. Can'a, nasıl geldin buraya? dedi yavaşça. Arıyorlar seni!

Biliyorum, dedi Can usul usul, gülümsemeye çalışarak. Merak etme, başka kimlik var üzerimde!

Bu kadarını anımsıyor Gülcan. Bir de, hemen gideceğim, dediğini babasının.

Gülcan'ı yatağına bıraktı babası. Öptü, saçlarını okşadı.

Ben yine gelirim. Ya da seni yanıma getirirler, olur mu canım kızım?

Uykusu, çok uykusu vardı Gülcan'ın.

Gitme! diye bağırmak istiyor, ama ağzını açamıyordu.

Doya doya bakmak istiyordu babasına, ama gözkapaklarını kaldıramıyordu.

Duymak istiyor, duyamıyordu babasının konuştuklarını.

Ağzına, gözlerine, kulaklarına söz geçiremiyordu.

Uyku gözlerindeydi.

Giderken, hoşça kal yavrum! dedi babası. Duydu Gülcan. Uyuyordu, ama duydu. Duydu sesini. İçinden hoşça kal! dedi, o da babasına. Duydu. Babasının ilk hoşça kal'ıydı bu.

Sonra, bütün mektuplarında, kartlarında dedi bunu Can. Hoşça kal! Hoşça-kal! Ne güzel sözcük bu! Sımsıcak. Merhaba gibi. Sanki insanın yüreğine sesleniyor. Yürekten geliyor. Mektup bitti diye üzülecek olan insanın içi ısınıveriyor. Hoşça kal, hoşça kal, hooşşşça kaaal!.. Rahatlatıyor insanı. Gülcan'ı hep rahatlattı babasının hoşça kalları. Can biliyor mu bunu?..

O günden sonra, baban fırsat buldukça gelecek, dediler Gülcan'a.

* * *

Annem de yoktu.

O da babam gibiydi, gelemiyordu eve. O da aranıyordu.

Onun da fırsat buldukça beni göreceğini söylediler.

Biliyordum, inanıyordum onların fırsat buldukça beni göreceklerine.

Beni yalnız bırakırlar mıydı hiç?

Demek ki, ellerinde olmayan şeyler vardı.

Demek ki, beni onlardan ayıran bir şeyler vardı.

Beni onlardan ayırmak isteyenler vardı.

Ama bilmiyordum neydi o şeyler?

Kimlerdi onları benden ayırmak isteyenler?..

O ayrıldığımız günü anımsıyorum.

Korkuyor muydu babam? Telaşlı mıydı? Ürkek miydi? Şaşırmış mıydı? Üzgün müydü?.. Uyku gözlerimdeydi, bilemiyorum.

Unuttu mu acaba, beni uyutmak isterken yaptığını, aha aha uyku gelmiş, diye gözkapaklarımı parmaklarıyla kapattığını. Şimdi onun parmakları yerine kendi parmaklarımı koyuyorum. Onun elleri yüzümdeymiş gibi sanıyorum. Kız, diyorum, ben babayım! Uyku gelmiş işte, uyu! Böyle eğleniyorum işte kendimle!

O gün uyandıktan sonra uzun uzun ağlamıştım nedenini bilmeden...

Günler babamsız geçiyordu.

Birkaç kez telefon etmiş dedeme. Selam söylemiş bana. Gülcan'ı öpün, demiş. Öptü dedem onun yerine.

O günlerde birkaç kez annemle görüştüm.

Bir arkadaşı gelip götürdü beni onun yanına. Gittiğimiz evlerde oturduk onunla akşama kadar. Konuştuk. Akşam olunca da getiren ablalar götürdü beni yine evimize.

Niye gelmiyorsun eve anne?

Gelemem yavrum, polisler götürür beni! Biraz sabret olur mu? Sabrediyordum. Ama ne zamana kadar sürecekti bu?

Sonra, okula gidince öğrendim o ayrıldığımız yılın 1980 yılı olduğunu. 1980'in sonbaharı olduğunu.

Kaç tane yıl geçti?

Yılın ne olduğunu biliyorum artık. Öğrendim, günlerin, haftaların, ayların ne demek olduğunu.

Zamanın ve yaşamanın ne demek olduğunu öğrendim.

O günlerde iki üç gecede bir polis ve asker amcalar geliyordu eve.

Resmi giyinmiyorlardı, ama biliyordum ben onların polis olduklarını. Bazen gündüzleri de geliyorlardı. Ellerinde tabancalar, kocaman kocaman tabancalar. Korkuyordum ben, ağlıyordum. Gelip babamı, annemi soruyorlardı. Neredeler diyorlardı. Gelmiyorlar mı buraya diyorlardı. Nerelere gidebilirler, diyorlardı. Gelip teslim olsunlar, yoksa biz yakalarsak çok fena olur onlar için haaa!.. diyorlardı.

Odalara bakıyorlardı.

Uyumuyorsam, onları görünce korkup ağlıyordum. Bazıları ses ettirmezdi yanındakilere. Çocuk uyuyor susun, derdi benim yattığım odaya girdiklerinde. Bazıları kötüydü. Dedeme bağırırlardı. Baban nerde kız? derlerdi bana. Dövecek gibi yaparlardı. Annen nerde? derlerdi. Ben susunca da, piç kurusu, derlerdi, komünistlerin piçi! derlerdi. Hiç sevmezlerdi beni...

Babamın beni dedemgile bıraktığından birkaç gün sonraydı.

Aylar önceki babamla ayrıldığımız o geceden sonra ilk kez görüyordum polisleri.

Geceydi.

Gürültüden uyanmış ve gözlerimi oğuşturarak salona gitmiştim ben de.

Baktım ki, babamın kitaplığındaki kitapları yığıyorlar yere. Kitapları, dergileri, gazete kesiklerini, yazıları...

Çok kitap var, ne yapacağız?

Salonda kaç kişi vardı, bilmiyordum. Dedemle anneannemden başka biri bayan, beş altı kişi vardı.

Yırtın!

Çöktü kitapların başına birkaç kişi.

Tek tek yırtmaya başladılar.

Küfür de ediyorlardı yırtarken.

Babamın güzelim kitaplarını, ekmek gibi sevdiği kitapları nasıl da yırtıyorlardı!

Yırtarken sırıtıyorlardı.

Keyifle yırtıyorlardı.

İyi ki babam görmedi, diye düşündüm o an.

Nasıl da kıyıyorlardı o canım kitaplara!

Ağladım. Sonra korkum geçti. Niye yırtıyorsunuz? diye bağırdım.

Sus kız! diye bağırdı kitap yırtanlardan biri.

Ayakta duran bir başkası, susturun şu kızı, yoksa ben sustururum haaa! diye bağırdı dedemle anneanneme.

Anneannem yanıma gelip beni kucağına aldı. Sus kızım, sus! dedi. Göğsüne yaslanıp ağladım. Dayanamadım kitapların yırtılmasına. Bakamadım nasıl yırtıldıklarına. Dedem hınçla bakıyordu yırtanlara. Bir şey de söyleyemiyordu. Daha önce tartışmıştı. Seni götürürüz ha, fazla konuşma, diye itelemişlerdi dedemi.

Ağladım.

İyi ki babam yoktu. Belki o da ağlardı. Onun bin bir emekle çoğalttığı kitapları öyle bir yırtıyorlardı ki!

Bir kısmını da naylon torbalara doldurup götürdüler.

Dedem en çok neye kızdı, biliyorum. Muhtara! Mahallemizin muhtarı da gelmiş polislerle birlikte. O da oturup yırtmış kitapları. Sonraları günlerce ondan söz etti dedem. Yahu polisleri anladık da, bu muhtar neden karıştı kitapları yırtmaya, deyip durdu.

> *Babam üzülmesin! Yine öyle kitaplıklar kurarız elbette. Ben ilk kitaplarını hazırlıyorum bile. Ben de babam gibi çok seviyorum kitapları. Başka şeylere az para harcarız. Az oyuncak isterim. Paramızla hep kitap alırız. Babam isterse ben de çalışırım. Onun kitapçı arkadaşları vardı. Onların dükkânında çalışırım. Hatta en iyisi, babam mapustan çıkınca bir kitapçı dükkânı açar. Hem bol bol okuruz orada. Hem de çok kitap alırız kitaplığımıza... En büyük düşlerimden biri, evimizin kitaplarla dolması. Bilsin bunu babam. Bilsin de sevinsin!..*

Kitapları yırttılar ve gittiler.

Onların çocukları yok mudur?

Çocuklarını sevmiyor mu onlar?

Onların kitapları, çiçekleri yok mudur evlerinde?

Çocukları sevmeyen insan olur mu?

Çocuksuz, kitapsız, çiçeksiz ev olur mu hiç?

Bu sayfayı çiçeklerle süslüyorum onlara inat! Babamın sevdiği kır çiçekleriyle. Geçen ilkyaz toplamıştım. Kurusun diye bir kitabın arasına koymuştum. *Heidi*'nin arasına. Kurumuş. Hem çiçek, hem kitap, hem çocuk kabul ediyorum bu sayfayı.

Babamın arkadaşları değildi onlar. Biz Can'ın arkadaşlarıyız, derlerdi, ama değillerdi. Ben çoğunu tanırdım babamın arkadaşlarının. Babamın arkadaşları, kitapları, çocukları, çiçekleri sevmez mi hiç? Hepsine adlar takmıştım, bilmez miyim! Kel Amca, Gözlüklü, Elif'in Babası, Palabıyık, Sırık Abi... Hepsini tanırdım. Onlarsa babamı götürmek için geliyorlardı, biliyorum, biliyordum. Ama niye götürmek istiyorlardı, nereye, niçin götürmek istiyorlardı? Bunları bilemiyordum.

Babamla annem tembihlemişti beni. Dedemle anneannem de ara sıra söylerdi. Aman kızım, anneni babanı ara sıra gördüğünü söyleme eve gelen amcalara! Sorduklarında, bilmiyorum, görmedim, derdim ben de. Görmedim, ben de çok özledim onları!

Gerçekten de çok özlemiştim.

Özlemiştim.

Kış gelmişti.

Günlerce onları bekledim.

Her zil sesinde koşar oldum kapıya.

Her çay içişimde onları anımsadım.

Annemin saçını tarayışını görmek istedim. Beni giydirmesini, benimle evcilik oynamasını özledim. Dedemi her tıraş oluşunda seyreder oldum. Babam tıraş köpüğünü yüzüme sürerdi. Dedemle şakalaşıyorum aynı biçimde.

Bir sabah zil çaldı yine.

İçime doğmuştu, birinden birisi gelecekti.

Babam geldi, annem geldi!

Yavaş konuş kızım!

Kapıyı açtı anneannem. Babamdı kapıdaki.

Oğlum, niye geldin buraya? Haber verseydin de biz gelseydik bir yere. Hemen her gece geliyorlar sizi sormaya. Belki gündüzleri de gözlüyorlardır...

Babam sarıldı bana.

Hemen çıkacağız, dedi usulca.

Elindeki paketten bir kaban çıkardı. Bir yandan anneannem beni giydirirken, bir yandan da paketi açmaya uğraştım. Aman ne de güzeldi! Geçen kışın sonunda bir gün Kızılay'da geziyorduk da, ben görmüş, istemiştim. Kış bitti şimdi yavrum, gelecek kışa alırız, demişti babam. Hem, param da yok!

Nasıl da unutmamış. Tam böyle bir şeydi işte. İçi yünlü, kırmızı renkli bir kabandı. Sevinç çığlıkları attım. Babacığım!..

Birkaç dakikada hazırlandım. Bu arada babam ayaküstü konuştu anneannemle. Merak etmeyin? Kalacak yerlerim var. Evlere kapanmak zor oluyor, ama ne yapayım, dışarısı çok soğuk zaten!

Anneannem, n'olacak yavrum bunun sonu? diye sordu babama.

Ben de bilmiyorum ki! dedi babam kederle.

Babamla çıktık evden. Bir arkadaşının evine gittik. Akşama kadar oturduk. Hiç sıkılmadım. Konuştuk, oynadık babamla.

Akşam annem de geldi o eve.

Herkes tedirgindi.

Televizyon haberlerinde babamın adı da söylendi. Boyuna adlar okunmuştu. Herkes susup kaldı.

Baba, seni de söyledi, seni de söyledi!

Babam güldü. Beni kucağına aldı. Kimseye söyleme, emi kızım!

Söyler miydim hiç? Söyledim mi? Söylemedim!

O gece, babamla annemin kucağındaydım hep. Bir annemin, bir babamın kucağında.

Konuşup durdular geç vakitlere dek. Ben hep sustum. Hep onları seyrettim. Ev sahipleri, akşam yemeğinden sonra başka bir yere gitmişlerdi. Biz üçümüz kalmıştık evde. Konuşulanlardan anlıyordum ki, ayrılık yemeğiydi o akşam yediğimiz.

Televizyon niye senin adını söyledi?

Polisler arıyorlar ya kızım? Bulamayınca televizyonda söylüyorlar ki, tanıyanlar gelip polise söylesinler!

Niye bulamıyorlar?

Saklanıyorum da ondan yavrum.

Niye saklanıyorsun?

Hâlâ bir sonuca varamamıştım. Babam, biraz sustu, biraz düşündü. Annemle bakıştılar.

Soğuk yerlere götürüyorlar. Pis, karanlık yerlere götürüyorlar. Gözleri bağlıyorlar. Çırılçıplak soyuyorlar. Aç susuz bırakıyorlar. Dövüyorlar. Aşağılıyorlar. Onun için gitmek istemiyorum... Senden ayırmak istiyorlar, annenle bizi birbirimizden ve senden ayırmak istiyorlar. Ankara'yı bir daha göstermek istemiyorlar...

Neden öyle kötü yerlere götürüyorlardı? Niye kötü şey yapıyorlardı? Niye kimseleri göstermek istemiyorlardı? Başka ne yapıyorlardı? Niye benden ayıracaklardı babamı? Neden annemden ayıracaklardı?

Kafam bin bir soruyla doluydu, ama soramıyordum. Soramadım. Sorsam da, anlatsalar da anlayamazdım belki. Büyüdükçe anlamaya çalışıyorum ve anlayacağım mutlaka...

Babamın da, annemin de yüzü gülüyordu. Ama keyifli olmadıklarını anlıyordum ben. Düşünceli ve sıkıntılıydılar.

Hangisinin kucağında uyuduğumu bilemiyorum.

Onlarla azıcık daha kalmak için uyumasam ne iyi olurdu. Öyle zamanlarda uykuya bir kızıyorum ki!

Babam uyumamı ister benim. Uyuyunca daha çabuk kanatlanıyormuş kuşlar. Öykülerinden öğrendim. Daha çabuk büyüyormuş balıklar, civcivler. Daha güzel ötüyormuş keklikler, tarlakuşları. Daha hızlı koşuyormuş tavşanlar, geyikler, ceylanlar. Daha güzel kokuyormuş güller, karanfiller, menekşeler. Çocuklar da uyumalı ki çabuk büyüsün, güzelleşsin derdi babam...

Sabah güzel bir kahvaltı yapmıştık üçümüz.

Teypte babamla annemin sevdiği türküler söyleniyordu usul usul.

Annemle babam yanak yanağa verip dinlediler.

Onları öyle görünce ben de susup dinledim.

Dinlerdim o güzelim türküleri. Bana öğretmeye çalışırlardı ama öğrenemezdim o zamanlar. Şimdi belliyorum. Okulda öğrendiğimiz şarkılardan, şiirlerden başka, kendim de şiirler ezberliyor, türküler öğreniyorum. Şimdi de teybi açtım. Dinliyorum:

"Benim beyaz unum, ak güvercinim

Bilirem bilirem gelen gündedir."

Canım gibi biliyorum ki, şu anda babamın kulağında da bu türkü çınlamaktadır ve yüreğini coşturmaktadır onun. Çünkü beni coşturuyor!

Şimdi benim dinlediğim türküyü dinledik üçümüz.

Nasıl anımsamam! Dinlemiştik ve dinledikten sonra kaset bitince ben çıkarmıştım teypten? Sonra, oynarken elimden düşürmüştüm kaseti. Ucu kırılmıştı. Üçümüz de üzülmüştük. İşte şimdi teypte çalan o kaset. O kaset, o türkü! Sanki biraz önce yaşamışız gibiyim o anları. Oysa koca koca zamanlar geçti aradan. Yine de anımsıyorum işte. Çünkü yaşadım ben o güzel anları. Gerçekten güzel yaşadım. Bin ağlamaklı olmuştum o zaman, belki annemle babam da ağlamaklı olmuştu...

Türküleri çok seviyorum. Şarkıları da, radyoda çalan müziği de seviyorum, ama en çok türküleri... Babam, müzik güzeldir, insanı yaşatır, dinlendirir derdi. Öyle oluyor. Hepsini seviyorum. Ama, en güzellerini radyoda, televizyonda çalmıyorlar, niye? Babamın, en büyük müzikçimiz, en usta türkücümüz dediği amcanın sesini radyoda ve televizyonda hiç duymadım. Ben kasetlerinden dinliyorum onu. Annemi babamı, anarak dinliyorum. "Çanakkale Türküsü"nü ne güzel söyler o! Yüzünü biliyorum. Beyaz saçlı, aydınlık sunan, sevimli bir dede. Sesi de öyle içli ki! Dinlerken, sussun istiyorum herkes. Konuşana, gürültü yapana kızıyorum Hele şimdi babam Çanakkale'de ki!.. Sıra, "Çanakkale içinde aynalı çarşı"ya geldi miydi, bir hoş oluyorum. Yeni baştan dinliyorum. Babamın yerine de dinliyorum. Onların teybi yokmuş ki orada. Dinleyemezler, ama kendileri söylüyor diye avunuyorum. Mektuplarında yazıyor söylediklerini. Bazı, bazı günler ben de duyuyorum seslerini, duyar gibi oluyorum.

Geceleri radyoyu açıp başucuma bırakırdı annemle babam. Şimdi de öyle yatıyorum. Uyurken, ya radyoyu açıyor anneannem, ya da teyp çalıyor odamda. Mutlaka bir şey çalmalı. Babamle annemin sesini duyar gibi olmalıyım onlarla. Masallar da müzikle daha güzel oluyordu. Ben de çocuklarım olunca, onları masalla ve müzikle göndereceğim uykularına.

Kahvaltıdan sonra çıkmıştık evden. Kızılay'a gidip gezmiştik biraz. Kitapçı arkadaşlarına uğramamıştık babamın.

Niye kitapçılara gitmiyoruz baba?

Babam, kulağıma eğilip, şimdi oralar tehlikeli kızım, oralarda çok polis bekliyordur, demişti.

Polisler kitapçılarda niye bekliyordu? Bilmiyordum, hâlâ da bilmiyorum. Bildiğim şu var yalnızca, polisler kitapları sevmiyorlar! Annemi de, beni de! Çünkü ben de kitapları çok seviyorum!

Sonra dedemle buluşmuştuk bir yerde.

Beni ona bırakıp ayrılmıştı annemle babam.

Yine ararız, demişlerdi.

Hoşça kal, demişlerdi her zamanki gibi.

Nerelere gidiyorlardı?

Günlerim annemsiz, babamsız geçiyordu.

Özlüyordum ikisini de (Düşlerime giriyorlardı kahkahalarıyla. Hâlâ da giriyorlar). Düşünüyordum, üzülüyordum. Kimselere bir şey demiyordum. Babamgilin ne zaman eve döneceklerini sorduğumda, işleri bitince gelecekler, derdi anneannem.

Artık onları arada bir görmeye de razı olmuştum.

Ama o da çok görülüyordu bana.

Haftada bir, on günde bir kucaklaşmaya bile razıydım.

Yeter ki kucaklaşabilseydik!..

Babamı son gördüğüm gün... Babamın mapusa girmesinden önceki son görüştüğümüz gün... Çok soğuk bir gündü. Kar yağmıştı gece. Belki de kışın en soğuk günüydü. Sokak bembeyazdı. Sabahtan beri pencerenin önüne oturmuş, dışarıyı seyrediyordum. Okullarına giden öğrenciler, işlerine gidenler yavaş yavaş yürüyorlardı. Çünkü kaygandı yollar. Ben kendi kendime türküler mırıldanıyordum. Anneannem müjdeyi verdi. Hadi hazırlanalım, dedi, annenle babanla görüşmeye gidiyoruz!

Anneannemle birlikte babamgilin bir arkadaşının evine gittik. Öğleyin annem geldi. Sarıldım ona. Sarıldık. Ayrılmak istemedim.

Kırmızı kabanın altına giyeceğim bir bot getirdi o gün annem bana. Sımsıcak tutuyor ayaklarımı.

Sonraları büyüyünce ayaklarım da büyüdü ve o botla kaban küçük gelmeye başladı bana. Komşumuzun kızı Aslı'ya verdim ikisini de. Aslı yeni doğmuştu o zamanlar, şimdi kocaman oldu. Kabanla bot ona da çok yakışıyor. Onu görünce o günleri yeniden yaşıyorum.

Elif'lerin eviydi babamı beklediğimiz ev. Annem benim sabırsızlandığımı anladı. Saate baktı. Biraz sonra gelir baban, dedi. Elif'le oynadım babamı beklerken. Babası da, annesi de evdeydiler. Çay hazırladılar. Baban üşümüştür, gelince hemen içsin!

Babamın bardağını elime aldım. Öylecene bekledim. Kulağım kapıdaydı. Zil sesi bekliyordum.

Duymadım, dalmışım herhalde, neye daldıysam...

Cankız!

Babamın sesiydi.

Nasıl da fırladım odadan!

Nasıl da atladım üzerine!

Bardağı elimdeydi, unutmuşum. Dişlerine çarpmıştı babamın. Kırılmıştı. Anımsar mı babam? Benim iki parmağım, onun dudağı kesilmişti. Ağlamadım. Ellerimi öptü babam. Yıkadı, temizledi. Kolonya döktü üzerine. Dudağından kan sızıyordu. Mendilini bana verdi. Benim elim onun dudağında öylece durduk. Dudağını sildim mendille. Öptüm kesilen yeri, geçti mi? diye sordum babama. O hep öyle yapardı bana. Ben de öğrenmiştim artık. Geçti canım, sen öpersin de acısı kalır mı?

Çayımızı öyle içtik. Şekerini ben karıştırdım yine. Sigarasını ben yaktım.

O mendili hâlâ saklıyorum. Unutmuştu o gün babam. Onun için saklıyorum. Çıkınca, yanıma gelince vereceğim ona. Güzelce yıkadı, ütüledi anneannem. Mektuplarının arasında duruyor. Yıllardır babamı görmüş gibi oluyorum o mendile baktıkça.

Polisler tanımasın diye mi bıyıklarını kesmişti babam? Saçlarını uzatmıştı, gözlüğünü çıkarmıştı?

Sordum bunları. Çok değişmişti çünkü babam. Onu daha önce bıyıksız gördüğümü anımsamıyorum hiç. O yumuşacık bıyıklarına öyle alıştım ki, o gün bıyıksız görünce şaşırmıştım. Saçları da her zamankinden uzundu. Babam ki, hiç sevmezdi saç uzatmayı, taramayı.

Gözlüksüz nasıl görüyordu?

Evden geç gitsin diye gözlüğünü saklardım da, nerede gözlüğüm, göremiyorum diye odanın içinde eşyalara çarpa çarpa dolanırdı babam. O günler geldi aklıma. Eşyalara çarpması şakacıktandı ama, yine de gözlüksüz rahat göremediğini biliyordum.

Sorularımı, he canım, diye yanıtladı. Güldü, he canım, dedi. "He canım" demeyi çok severdi babam. Şimdi kendi kendime deyip gülüyorum.

Babamgil de olsaydı ne gülerdik, he canım!

Kıravat da takmış o gün babam. Oysa hiç sevmezdi, biliyorum. Annem bazen zorlardı da taktıramazdı. Sevmiyorum yahu, boğulur gibi oluyorum, hem göstermelik bir şey, derdi kıravat için.

Yine bıyık bırak emi!

Bir süre sonra bırakayım, olur mu?

Gözlüksüz zor olduğunu söyledi. Ama uzak içinmiş gözlükleri.

Gözlerini biraz kısınca görebiliyormuş, hem yanında taşıyormuş gözlüklerini, zorlanınca takıyormuş.

Konuşarak, gülüşerek, sarılarak geçirdik o günü de...

Baktı yüzüme babam, baktı, baktı.

Bir daha gelemem kızım!

Uzaklara gidecekti.

Mektuplar yazacaktı bana. Ne zaman döneceği belli değildi.

Belki ilkyazda kızım, belki gelecek kışa, belki beş yıl sonra... Bu sözlerini hiç unutmadım babamın.

İlkyaz geçti.
Kış da geçti.
Ve o beş kışın dördü bitti şimdi.
Bitti işte.
Ve ben on yaşındayım şimdi.
Bir kış kaldı kavuşma günlerimize.
Bir kış...

O kışların nasıl geçtiğini babam da bilir.

Yalnız kışlar mı?

Yazlar da, güzler de, baharlar da kötü geçti.

Yaa, baharlar bile kötü geçti.

İlkyaz da derim, bahar da derim. İkisi de güzel sözcükler, ikisini de seviyorum.

İyi günler de oldu, ama azdı.

"Fırtınalı günler" diyordu babam o günlere.

Bir mektubunda bir şiirden alıntı yapmıştı. Onu bir kâğıda yazdırıp ezberledim. Küçücük bir şiirdi zaten:

"Yakar
Yıkar
Geçer bu fırtına da
Gönül aldırma."

Aldırmadım değil ama, geçti işte.

Santim santim büyüdüm ben. Yüreğim güm güm büyüdü. Beynim öğrene öğrene, dola dola büyüdü, aklım da.

Babama olan sevgim, özlemim de büyüdü.

Günler uzadı, kısaldı, mevsimler birbiri ardına sırayla gelip gitti. Neler neler yaşandı dünyada ve ülkemizde.

Ve yıllar geçip gitti.

Bitecek bu özlem günleri yavrum, kavuşacağız bir gün mutlaka, diyordu babam mektuplarında.

Dediği çıktı babamın. Az kaldı kavuşmamıza. Şairin dediği çıktı. Fırtına geçti. Sevgi dolu, coşku dolu güzel günler yaşayacağız yine...

* * *

Can'dan uzun süre haber gelmedi.

Unutmadı babasını Gülcan.

"Hiç unutur mu? Unutabilir mi?

Ama sormaz olmuştu. Kimselere sormuyordu. Kimse bilmiyordu. Ya da Gülcan'a, bilmediklerini söylüyorlardı.

Gelmiyordu işte, gelmiyordu.

Önceleri, İstanbul'da çalışıyor baban, diyordu anneannesi.

Sonra, babaannesi ve Özgür Amcası geldiklerinde, Avrupa'ya gittiğini söylediler Can'ın.

Onu kandırdıklarını sanıyorlardı.

Tıpkı şimdilerde komşularının kızı Aslı'yı kandırdıklarını sandıkları gibi. Onun da babası mapusta. Ona söylemiyorlar ama, o biliyor. Dertleşiyorlar Gülcan'la. Başka kimseye de söylemiyor bildiğini Aslı.

Gülcan, mapusta olduğunu biliyordu babasının. Yakalandığını biliyordu. Ama nerede? Hangisinde? O kadar çok mapusane vardı ki!

Bilse yerini...

Tutar anneannesinin elinden, zorla götürtürdü kendini. Yalvarırdı. Ağlardı. Dayanamaz, götürürdü anneannesi. Ama, o da bilmiyorum diyordu. Hatta, biz de merak ediyoruz, başına kötü bir şey gelmiş olmasın, dediğini duydu anneannesinin. Bir komşu öğretmenle konuşurlarken duymuştu onu Gülcan. Demek anneannesi gerçekten bilmiyordu.

Bir ilkyaz günü, elinde bir zarfla geldi anneannesi.

Pazardan geliyordu. Yorulmuştu. Gülcan'ım, dedi, bak, babandan mektup geldi, okuyayım mı sana?

Gülcan yerinden fırladı.

Mektubu kaptı.

Mektup buymuş demek, dedi kendi kendine.

Hani babasının son görüştüklerinde söz verdiği, yazacağım dediği mektup buymuş!

Babasının kuş mektuplarından ilki buymuş.

Beyaz bir zarf. Üstünde tükenmezkalemle mavi yazılar var. Zarfa yapıştırılan pulun üzerine mühür vurmuşlar. Bir başka mühür daha var yanında.

O mührün ne olduğunu sonradan anneannesine sordu. Mühür işte kızım, yanıtını aldı. Oysa, bu "Görülmüştür" damgası imiş. Babası gibi mapusta olanların mektuplarına o damgayı vurup gönderirlermiş. Gülcan'ın yazdıklarına da öyle bir damga vurduktan sonra verirlermiş babasına. Çok sonra öğrenmiş bunları Gülcan.

Zarfın, mektubun ne olduğunu yeni yeni öğrenecekti artık Gülcan.

Aldı. Öptü. Koynuna koydu. Kokladı. Ne yapacağını şaşırdı sevinçten. Babasını görmüş, ona kavuşmuş gibi oldu. Fır döndü evin içinde. Koşup durdu odadan odaya. Bir elinde salladı mektubu, bir yüreğine bastırdı. Bangır bangır bağırdı. Mektup geldi, babamdan mektup geldi!..

Anneannesi kalakaldı koltukta. Nerdeyse ağlayacaktı.

Mektubu yırtma yavrum. Getir okuyayım. Görelim baban neler yazmış! Yalvardı torununa.

Yırtar mıyım hiç, o benim mektubum! diye bağırdı Gülcan. Sonra da, nereden geldi bu? diye sordu, aklına o an geldiği için.

Bilmiyorum! Pazardan gelirken posta kutusunda gördüm, aldım hemen. Getir okuyayım ki öğrenelim. Nerede olduğunu yazmıştır baban!

O zaman verdi mektubu anneannesine. Dizinin dibine çöktü. Yüreği kabararak beklemeye başladı. Zarf açıktı. İçinden bir kâğıt çıkarıp okumaya başladı anneannesi....

> *İşte, ilk o gün... İşte ilk o gün okumayı öğrenmek için can atmaya başladı Gülcan. Okumayı öğrenme isteğiyle doldu gönlü. Okula o yıl başlayacaktı. Bir an önce okuma yazmayı öğreneceğine ilişkin söz verdi kendisine. Kendisinin mektubuydu elindeki ve kendisi okuyamıyordu. Nasıl, nasıl da üzülmüştü o gün... Sevincinin yanında bu üzüntü de vardı.*

* * *

Okula nasıl coşkularla gittiğimi anneannem yazmıştır babama. Ben de adımı yazmıştım o mektuba çünkü. Anımsıyorum. Bir de resim çizmiştim. Hatta postaneye de ben götürmüştüm. Hadi mektupçuk, uç babama! demiştim de, postanedeki amcalar, ablalar gülmüştü. Benimle konuşmuşlardı babama gönderdiğim mektubu görünce. Anneannem izin vermişti ve söyleşmiştik oradakilerle. Bana çok çok mektup getirin babamdan! demiştim onlara. Yine gülmüşlerdi: Sen babana çok yazarsan, o da sana çok yazar. Biz de sana getiririz, tamam mı?

Anneannem elimden tutmuştu okula giderken.

Yüreğim sıkı atıyordu. Önlüğümü sevinçle giymiştim. Kitaplarımı, defterlerimi, kalemlerimi, hazır etmiştik önceden. Güzel bir de çantam vardı (Şimdi eskidi o, yenisini aldık). Okulun bahçesi çocuklarla doluydu. Okuldaki çocukların en küçüklerinden biri bendim. Mahallemizin çocukları vardı. Ders aralarında benimle ilgilendiler. Okula başladım işte.

Öğretmenimi sevdim. Babamı tanıyormuş. Beni çok sevdi. Her şeyimle ilgilendi. Babama selam söyledi hep. Okuma yazmayı öğrenme sevincimi ilk o paylaştı benimle. Sınıfta ilk önce ben okumaya başladım.

Beni mutlu etti babamın mektubunu okuyabilmek.

Mektubu öğretti bana güzel babam.

Artık, bir süre görüşemeyeceğiz, diyordu mektubunda. Bir de bundan sonra sık sık mektup yazacağını söylüyordu. Hiç unutmuyorum o ilk mektubunu. Saklamış ve aylar sonra okumuştum.

Günlerim değişmeye başladı babamın mektubundan sonra. Biz de babana yazacağız, demişti anneannem. Elime kalemi alıp çizgiler çiziyordum, bir şeyler karalıyordum mektup yazar gibi. Demek istediklerimi anneanneme söylüyordum, o yazıyordu babama. Ah, bir de annemden haber alabilseydim!

Babamdan mektup geldiği günlerdeydi.

Akşam olmak üzereydi. Dedem işten gelmemişti daha. Polisler geldi eve. Yine babamı ve annemi sordular. Anneannem babamın mapusta olduğunu söyledi. İnanmadılar. Babamdan gelen mektubu gösterdi onlara. Okudular. Üstündeki damgaları dikkatle incelediler. İnanmış gibi yaptılar. Bu mektup bizde kalacak, dediler. O sırada dedem geldi eve. Olmaz dediyse de dinlemediler. Ben atıldım hemen. Babamın mektubu o, bana yazmış, bakın üstünde benim adım var! Senin adın ne bakayım?.. Adımı, soyadımı söyledim. Hımm, gerçekten öyleymiş. Peki, al bakalım! Senin hatırın için veriyorum mektubu!.. Aldım mektubu. Sevindim, çok sevindim. Babamdan gelen ilk mektuptu o. Koynumda taşıya taşıya yıpratmıştım zaten. Teşekkür ettim polis amcaya. Birbiriyle bakıştı polisler. İyi polisler belki de. Yoksa aldıkları mektubu geri verirler miydi? O, kitaplarımızı yırtanlar gibi kötü davranmıyorlardı. Belki de çocukları vardı bunların. Belki kitapları ve çiçekleri vardı evlerinde. Ama yine de annemi ve babamı aradıkları için sevmedim onları.

Annemin aylardır eve gelmediğini, kendisinin de bir haber alamadığını söyledi dedem.

Annemi de benden temelli ayırmak istiyorlardı demek! Babamla ayrılmıştık, sıra annemdeydi demek. Hiç değilse annem yanımda olsaydı! Ara sıra onu görmemi de engelleyeceklerdi demek. Bana da sordular. Bilmiyorum, dedim. Bilmiyordum ki. Eve gündüzleri de gelmiyordu epeydir. Bazı arkadaşlarının evine gidiyor, orada görüşüyorduk.

Ve hep özlüyordum onu.

Sonra ayrılık, yine ayrılık...

Sonra ayrılık, yine ayrılık...

Yalnızlıklar çektim. Hem annem, hem babam yok oluvermişti. Dedemle anneannem çok çektiler elimden. Aksi, huysuz, söz dinlemez biri oldum. Hiçbir şey yemiyor, anneannemi üzüyordum. Kimseyle konuşmuyordum. Kel Amca'yla konuşurdum ama, görünmez olmuştu. O da mapustaymış, duymuştum.

Gülmemi istiyorlardı, ama gülmedim. Babam kusuruma bakmasın, gülmedim o zamanlar. Kızmasın bana. Gülmedim diye kızmasın. Gülemedim. İçime attım babama ve anneme olan özlemimi. İçimde, düşlerimde sakladım onları, fotoğraflarıyla yaşadım.

Sonra da babamın mektuplarıyla...

> *Dört yıldır okuldan gelirken ilk yaptığım iş posta kutusuna bakmak oluyor. Mektupluğun içinde beyaz bir kâğıt görünce coşuyorum. Elinde olsa her gün yazar babam. Ama haftada bir mektuba izin veriyorlarmış, ne kötü! Ben yine de her gün bakıyorum kutuya. Hangi gün geleceği belli olmuyor ki...*

Babamın sevgi dolu, çiçeklerle, şiirlerle, masallarla, öykülerle, resimlerle dolu mektuplarıyla yaşadım...

Neler yazardı, neler...

Ağaçların, çiçeklerin, kelebeklerin, arıların, karıncaların, kartalların, serçelerin, kaplumbağaların, aslanların, ayıların, tarlakuşlarının, kırlangıçların, denizlerin, dağların bunca sevilesi olduğunu öğrendim o mektuplardan. Hepsini, hepsini sevdim.

Kırmızı giysilerimi giyince ısınıyorum. Babam yanımda oluyor sanki. Fotoğrafları, gülen yüzü yanı başımda hep. Ve ondan gelen kartlarla doldurdum odamın her yerini.

Denizler, ormanlar, dağlar, ırmaklar, kentler, insanlar, çocuklar, ağaçlar, çiçekler, hayvanlarla doluydu kartlar. Onlara baka baka uyudum. Yıllardır öyle uyuyorum. Babamın her mektubuyla çoğalan kartlarla. Ben de arasıra kart gönderiyorum ona. Doğaya olan özlemini gidersin diye. Fotoğraflarımdan gönderiyorum, baksın bana, görsün beni, anlasın büyüdüğümü diye. Okula ilk giderken çektirdiğim önlüklü fotoğrafımı göndermiştim de nasıl sevinmişti can babam!

Anlamıştım babamın gelmeyeceğini. Annem bari yanımda olsa, diyordum. Ama onun da gelmeyeceğini seziyordum. Artık, ayda bir bile görüşemez olmuştuk.

Günleri, ayları yalnızlığımla yaşadım. Bunu mevsimlerden biliyorum. Yine kış gelmişti. Babam anlatırdı mevsimleri mektuplarında, okulda da öğrenmeye başladım. Geçti işte o mevsimler annemsiz ve babamsız.

Kışlar geçti, baharlar güzler geçti, yazlar geçti...

Toprak kaç kez yeşerdi, çiçeklendi, renklendi? Kaç kez yağdı, eridi kar? Kavurucu sıcağını, kuru ayazlı soğuğunu kaç kez yaşadık Ankara'nın? Bunları düşünüyorum da, anlıyorum mevsimlerin geçmiş olduğunu.

Bir gün öğrendim ki, babamla annem aynı mapusanedeymiş.

Dedemler rahatlamıştı. Hiç olmazsa canları sağ, nerede olduklarını biliyoruz, diye konuştular. Görüşe gidip onlardan haberler getiriyorlardı. Özgür Amcam da gelip gidiyordu. Beni de götürün yanlarına, diyordum. Çocukları almıyorlar oraya, az sabret, yakında çıkarlar, diyorlardı.

Gelin artık! diyordum içimden? Bari biriniz gelin!

Ama gelmiyorlardı.

Kahroluyordum.

Mektupları geliyordu, çiçekli, resimli. Onları, uyurken bile elimden bırakmıyordum. Şimdi hepsi yanımda onların. Kiminin üzerinde gözyaşlarım kurumuş...

Ve bir gün...

Annem geldi!

Zayıflamıştı. Gözleri çökmüştü. Bembeyazdı yüzü.

İlkyaza giriyoruz, diye mektup gelmişti babamdan o günlerde.

İlkyaz güzellikler getirir yavrum! Güneş ısıtmaya başlar doğayı. Tüm canlılar cıvıl cıvıl yaşamaya hazırlanır. Sevinçlerle dol yavrum!

Dolmuştum işte. Gerçekten güzellikler getirmişti ilkyaz.

Anneme kavuşmanın sevincini yaşadım. Hep onunla yattım, kucak kucağa. Okula gidip gelmiyordu artık. Öğretmenlik yapmıyordu. Yaptırmıyorlarmış. Beni annem götürmeye başladı okula. Okul dönüşü ve geceleri de birlikteydik. Ama hasta olduğunu anlıyordum onun. Mapusta neler yaşadığını bilmiyorum ama, çökmüş gibiydi. Kim bilir soğukta mı yatırdılar? Aç mı bıraktılar? Çok mu dövdüler onu?..

Kitaplar okurdu tedirgin tedirgin. Bana masal kitapları alır, onları okurdu. El ele tutuşur, gezmeye giderdik birlikte.

Annemin ve babamın arkadaşlarından kimseyi görmüyorduk. Evimize de gelmiyorlardı. Bazen aklıma geliyordu da anneme soruyordum. Herkesin işi var yavrum, diyordu, kederleniyordu. Arkadaşlarının kimi babamın yanındaymış, sonra başka kentlere gitmişler, kimini polis arıyormuş. Böyle söylemişti annem.

> *Sahi, babamın arkadaşları niye gelmiyorlar bize? O kadar çok arkadaşı vardı ki. Anımsıyorum ben. Bir kısmının yanına biz giderdik. Birçoğu evimize de gelirdi. Sonra hepten yok oldular. Çok azı geldi benim yanıma. Çok azı gelip sordu babamı. Hepsi de mapusta değil ya onların, hepsini de polisler aramıyorlar ya! Niye gelmediler? Korkuyorlar mıydı? Neden korkuyorlardı? İnsan bir dostunun kızını gör-*

mekten niye korksun? Hep bekledim. Gelsinler. Nasılsın? desinler bana, babamı sorsunlar, ufak tefek hediyeler getirsinler istedim. Ama gelmediler, çoğu gelmedi. Birkaçı geldi ancak? Kızıyorum böyle vefasızlık yapanlara. Asıl dostluk böyle günlerde belli olur, değil mi?

Niye zayıfladın böyle annem? Niye benzin soluk?

Sen bunları düşünme olur mu yavrum! Biraz kötü günler geçirdim. Seninle güneşe çıkar gezeriz, biraz da beslenince eskisinden daha iyi olurum...

Babama mektuplar yazıyordu. Benim neler yaptığımı anlatıyordu. Yaramazlıklarımı, şımarıklıklarımı (anneme kavuşunca gerçekten şımarmıştım), her şeyimi yazıyordu.

Ben resimler çiziyordum bazen? Karalıyordum kâğıtları renkli kalemlerle. Seni özledim, seni seviyorum yaz anne! O da yazıyordu. Elimin şeklini çiziyordu mektuba. Adımı yazmayı öğrendim o zamanlar. Annem elimden tutup yazdırdı. İşte bu senin adın, dedi bana.

O zamanki mektuplarımı anımsar mı ki babam? O karalanmış kâğıtları... Çöpten bacaklı, makarna kollu, yuvarlak kafalı, sarı saçlı çocuk resimleriyle dolu kâğıtların, ilk mektuplarım olduğunu?..

Anneannem kurtulmuştu benden. Daha önce o yazıyordu babama mektupları. O anlatıyordu beni. Seni babana şikâyet edeceğim, diyordu. Hiç söz dinlemiyorsun, sokaktan gelmek istemiyosun; yemek yemiyorsun, uyumak istemiyorsun!.. Yazma, yazma! diye yalvarıyordum ben de, uslu olacağıma söz veriyorum. Bir yandan da düşünüyordum babamın neler diyeceğini. Anneanneni üzme, sözünü dinle! derdi. Ama sokakta oynamak konusunda beni desteklerdi. Evde miskin miskin oturacağına, çık sokaklara oyna kızım!.. Yemek yememi ve uyumamı isterdi. Hiçbir yiyeceği ayırt etme, anneannen ne pişirirse ye ve bolca uyu. Yersen ve uyursan çabuk büyürsün? Bana mektup yazmayı çabuk öğrenirsin...

Babamdan mektup gelince dediğini yapardım bir süre. Eve girmek istemezdim. Hep oyunlar oynamak isterdim. Sokakta koşturdukça rahatlardım. Yemek yiyişim birkaç gün sürerdi ancak. İştahım olmazdı ki. Hiçbir şey istemezdi canım. Sıkılırdım. Tabaktaki yemeklerle oynamaya başlardım. Ama anneanneme yalvarmayı da ihmal etmezdim. Babama yazma, n'olur!

Hasta olmuştum bir gün. Üşütmüş olmalıyım. Annem hastaneye götürmüştü beni. İyi bir amca idi doktor. Beni muayene etti. Konuşa konuşa güldürdü. Babamı anlattırdı. Mektup geliyor mu kız?.. Ateşim çokmuş. Bir gün kalsın burda, dedi.

Uyumuşum. Uyandığımda karanlıkta gördüm kendimi. Gece sandım. Pencereler ve ışıklar kapalı sandım. Elimi gözüme attım bir kez. Alnıma koydukları bez gözümün önüne düşmüş, görmemi o engellermiş meğer. Nasıl çığlık atmıştım. Annem geldi. Ağlama canım, iyileştin!.. Kucağına aldı beni. Ateşime baktı. Ateşi düşmüş! dediğini anımsıyorum. Anneme sarıldım iyice. Çıktık hastaneden.

Bitkindim. Yatmamı istiyordu annem. Hep yatıyordum. Bu da zoruma gidiyordu. Birileri ilgilensin benimle istiyordum. Annem bir an bile yalnız bırakmak istemiyordu beni. Canım annem benim!

O yattığım günlerde herkese, herkese kızdım. Babama da kızdım? Bir ara unutmuştum bile onu. Ama yattığım günlerde her şeyi, her şeyi düşündüm. Elimle bıyıklarını yolmayı düşündüm babamın. Karşımdaymış gibi uzattım ellerimi boşluğa. Tutamamadım. Körebe oynadığımız günleri düşündüm. Yumdum gözlerimi, araştırdım ellerimle, bulamadım.

En çok yalnızlık çektiğim günlerdi. Annem de olmasa çıldırırdım belki. O hep yanımda oldu. Bana masallar anlattı, babamı anlattı, öyküler okudu. Güldürdü. Yeni gelen mektubunu okudu babamın. Babama yazdığı mektubu okudu. Benim iyileştiğimi de yazmıştı o mektuba.

Babama göndermek için fotoğraf çektirtelim, dedim anneme. Çektirdik. Tam babamın dediği gibi, *"ağız dolusu gülerek"* poz verdim. Arkasına da adımı yazdım. Sevgilerimle babama, öpücüklerimle, dedim. Yazı yazmayı öğrenmeye başlamıştım artık. Kargacık burgacık oluyordu harflerim, ama olsun. Fotoğrafı annemin yazdığı mektupla birlikte bir zarfa koyduk. Gönderen Gülcan, yazdım kendim. Sonra postaneye ben verdim mektubu. Postacı amcalar kuşların kanatlarında gibi götüreceklerdi, biliyorum.

Babamın bir mektubunda yazdığı bir şiir vardı. Sonra, çok sonra mektuplarını kendim okurken görmüş ve ezberlemiştim mektupla ilgili bu küçük şiiri. Şairi kimdi, unuttum şimdi. Şiir şöyleydi:

"Mektuba kuş diyorlar
Nasıl taşır peki bir kuş
Bin uçak dolusu sevgimi benim."

Annem, babama mektup yazmak için oturduğunda,

ben de yanına yaklaşırdım. Ciddi ciddi oturur, seyrederdim. Şunu da yaz, bunu da yaz! diye konuşur dururdum. Kâğıdın üstünde babamı görürdüm sanki. Bazen öperdim yazdığımız mektubu. Dudağımın izini gönderirdim öpücük yerine.

Çiçekler kurutuyorum mektup kâğıdına yapıştırmak için.

Buraya kurumuş bir kardelen çiçeği yapıştırıyorum.
Renginin solukluğu önemli değil.
Canlanır yeniden.
Önemli olan, bakmayı bilmek ona. Sevmek!

Boyalı kalemlerle çiziktiriyordum. Annem de resimde ne anlattığımı açıklıyordu babama. Ben düşündüğümü söylüyordum, annem yazıyordu. Babamdan gelen mektupları da okuyordu tane tane. Babam, mektubun yarısını bana, yarısını anneme yazıyordu. Mektuplarıyla yanımda hissediyordum onu. Annemin koyduğu yerden alıp gizlice, koynumda saklıyordum, öpüyordum onları.

Özlemimi belki de daha çok artırıyordu mektuplar.

* * *

Özlemi artıyordu, ama günleri güzeldi Gülcan'ın.

Her şeye kızmıyordu eskisi gibi. Annesi yanındaydı, ona şükrediyordu. Yeni, güzel, anneli günlerini yaşıyordu. Geziyordu annesiyle. Okula falan gitmiyordu annesi. Hep kızıyla birlikte kalıyordu. Uçuyorda sevinçten Gülcan. Gelecek günlerin daha da güzel olacağına inanıyordu, babası da gelecekti çünkü yanlarına. Coşuyordu bunu düşündükçe. Babasına da kavuşacaktı ve güzel günler yaşayacaklardı birlikte.

Annesine soruyordu.

Üç kış sonra geleceğini söylüyordu babanın.

Gülcan, büyüyeceğini düşünüyordu.

Ah, geçse şu kışlar da, sana kavuşsam baba!

Yaz böyle geçti...

Eylül'den Kalan

Yaz böyle geçti, ama sonrası kötü geldi.

Annesi huzursuzdu Gülcan'ın.

Gülcan anlamıyordu ne olduğunu. Annesi, babasının mektuplarını okurken, babasına yazarken ağlıyordu hep. Oysa, babasının kötü şeyler yazmayacağını biliyordu o. O da ağlıyordu annesini ağlar görünce...

Ve bir gün.

Gürültülerle uyandı sabahın erkenine.

Soğuktu.

Ankara suskundu.

Annesi uyanmıyormuş.

Kar yağıyordu sokağa.

Telaş içindeydi evdekiler.

Her yer bembeyaz olmuştu.

Gülcan şaşkındı, ağlıyordu.

Üşüyordu.

Annesini hastaneye götürdüler.

O giderken kış girdi evlerine.

Gülcan, bir daha hiç görmedi annesini!

Ölmüştü annem!

* * *

Ben bilmiyordum ki ölüm nedir!

Annen hasta demişlerdi bana.

Üç dört gün sonra, annen artık gelmeyecek, dediler. Hiç mi gelmeyecekti! Hiç dediler. Öldü annen! Yüreği dayanamadı!

Ölüm, bir daha gelmemekmiş demek!

Dayanamamasıymış yüreğin!

Annem de bir daha gelmedi.

Onun da yüreği dayanamamış demek ki!

Can'a nasıl haber versek, diyorlardı. Beni evde bırakmıyorlardı. Komşularda, akrabalarda falan kalıyordum. Şaşkındım. Ne yapacağımı bilemiyordum. Nereye gitmişti annem?

* * *

Hastaneye. Öyleyse doktorlar öldürdü annemi diyordum. Yok diyorlardı, doktorlar iyileştirmeye çalıştılar. Hasta olmuştu annen.

İnanamıyordum.

Ama annem gençti benim. Niye hasta oldu? Niye öldü?

Ağlıyordum.

Evdekiler de ağlıyordu!

Büyüklerin ağlaması unutulmuyor demiştim.

Annem öldüğünde nasıl da ağlamıştı onu sevenler.

Hiç unutmam...

Dedikleri doğru muydu yoksa? Hiç gelmeyecek miydi?

Ya babam?

Babam da mı gelmeyecekti?

Kimseye sormuyordum. Ya, evet baban da gelmeyecek hiç derlerse? Paniğe kapılıyordum.

Hem, biliyordum babamın geleceğini. Annem yalan söylemezdi. Üç kış sonra geleceğini söylemişti babamın. Babam da yazıyordu mektuplarında. Annem okuyordu onları bana. Bir bayram günü geleceğim yavrum, bir bayram günü çalacağım kapının zilini, diye yazıyordu. Babam da yalan söylemezdi. Gelecekti, biliyordum. Ama, annemin bir daha gelmeyeceği, onu bir daha göremeyeceğim düşüncesi korkutuyordu beni.

Fotoğraflarını elime alıp bakıyordum sessiz sessiz.

Onu görmek isteğiyle yanıyordu içim. Yüreğin yanmasının ne demek olduğunu o zaman öğrendim.

Babama yazmayalım annemin öldüğünü, üzülmesin! dedim. Peki yavrum, yazmayalım, dediler.

Kimseyle konuşmadım annemle ilgili. Yalnız, mapustan çıkan Kel Amca ile dertleştim. Bir de şimdi babamla dertleşmiş oluyorum işte...

* * *

Kar yağıyor.

Yine kar yağıyor.

Karı sevmiyor Gülcan.

Soğuğundan değil. Kar yağmasa da kış soğuk olur. Kışın, yalnızca bir parçası kar. Ama Gülcan, o parçayı sevmiyor işte. Kardan adammış, kartopu oynamamış, kaymakmış, hiç ilgilendirmiyor onu. Filmlerde karlı sahneler görünce bile zoruna gidiyor. Gazetelerde karla ilgili resim ya da haber görünce bakmıyor bile ne olduğuna.

Çok şeyler anımsatıyor ona kar.

Aslında tek şeyi anımsatıyor.

Annesini.

Annesi her şeyiydi onun.

Onun için karı sevmiyor. Annesini anımsatan hiçbir şeyi sevmiyor. Onu unutmak istiyor çünkü. Kederle geliyor gönlüne çünkü. O kederi yenemiyor Gülcan. Oysa o kederi istemiyor. Bu yüzden karı sevmiyor. Annesini anımsattığı için sevmiyor karı.

Bir karlı günde, gökten ipil ipil kar taneciklerinin yere düştüğü bir günde ölmüştü genç annesi. Hiç unutur mu? Yağan karın, annesinin üstüne örtülen mezar toprağına karıştığını, mezarını bembeyaz kıldığını nasıl unutur?

Görmedi o gün. Annesinin toprağa hediye edilmesini görmedi. Ama düşledi hep. O üç gün durmaksızın yağan karı, gökyüzünün ve yerlerin bembeyaz olduğu günleri aklından çıkarmadı. Annesinin öldüğü ve bir daha yüzünü göremeyeceği, elini tutamayacağı, göğsünde nazlanamayacağı yerlere gittiği günleri kafasından atamadı.

Atabilir mi hiç?

* * *

Ölümü tanımıştım.

Ölümün ne olduğunu öğrenmiştim.

Ölüm, bir insanın sevdiği birisinin bir daha görülmemesi demekmiş.

Ölüm, bir insanın, bir daha uyanmamak üzere uykuya dalmasıymış. Şakacıktan değil ama. Babam bazen sabahları ölmüş gibi yapar gözlerini açmazdı. Ben gıdıklardım onu, saçlarından çekerdim. Üstüne çıkar göbeğine otururdum. Kulağına bağırırdım. Parmaklarını bükerdim, göğsündeki kılları çekerdim. Burnunu sıkar, parmaklarımla gözlerini açmaya uğraşırdım. Yine uyanmazdı babam. Neden sonra açardı gözlerini ve boğuşmaya başlardık. Kahkahadan kırılırdık ikimiz de. Kollarımı tutar, tutsak alırdı beni. Öperdi, gıdıklardı. Güler, katılırdım gıdıklanınca. Durulunca, saçlarımı tutardı. Çekeyim mi ha? derdi. Bilirdim çekmeyeceğini, çekemeyeceğini. Çeeek, derdim. Tutar, öperdi saçlarımı. Sonra beni kucağına alıp kalkardı. Birbirimizi ıslata ıslata elimizi, yüzümüzü yıkardık. Annem ikimize de kızar, bağırırdı. Çocuksunuz ikiniz de! derdi. Çocuğuz tabii, derdi babam da bana göz kırparak. Sonra ikimiz annemin yanına gider, onu yumuşatırdık.

İşte o günlerdeki gibi bir yalancıktan uyku değildi ölüm uykusu.

Ölüm uykusundan bir daha uyanılmazdı.

Uyanılıp da şakalar yapılamazdı.

Bir daha gelmezdi ölüme gidenler.

Annem de gelmeyecekti.

Kabullenmeye başlamıştım onun gelmeyeceğini. Onu bir daha göremeyeceğimi anlamıştım. Kimse beklemiyordu. Benim de beklemem boşunaydı. Ne yapayım? Ben de bütün umudumu babama yönelttim. Babamı beklemeye başladım. Babamı ve kendisi gelene kadar da mektuplarını...

Annemin mezarına hiç gitmedim. Kimse götürmedi. Ben gitmek istiyor muyum? Bilmiyorum. Babamın gelmesini bekliyorum. Birlikte gideriz diye düşünüyorum. Çiçekler götürürüz ona. Kimseye söylemiyorum bunu. Dedemgil gidiyorlar. Biliyorum mezarlığa gittiklerini. Ama susuyorum. Cesaret edemiyorum beni de götürün demeye. Filmlerden biliyorum mezarlıkların nasıl yerler olduklarını. Annem de öyle bir yerde işte. Burada, Karşıyaka'da. Babamın birçok arkadaşı da oradaymış.

* * *

Can'ın mektupları daha da çoğaldı.

Güvercinli, keklikli, serçeli, kartallı öyküler yazıyordu kızına nedense. Okurken göklerde kanat çırpıyor, gözün görmediği uzak maviliklerde süzülüyordu Gülcan. Ah, bir de onlar gibi kanatlanıp babasının yanına gidebilseymiş! Çok istiyordu bunu. Çok seviyordu kuşları...

Balıklarla, denizlerle dolu öyküler de yazıyordu babası. Gülcan'ını deniz mavisi suların serinliklerine götürüyordu. Öyküleri, masalları okurken evde olduğunu unutuyor, dünyanın bilinmeyen yerlerinde, insanların girmediği ormanlarda, kartallardan başka hiçbir canlının çıkamadığı dağ doruklarında, karınca yuvalarında, arı kovanlarında, ırmakların şarıl şarıl sularında, görkemli çavlanlarda yaşıyordu sanki Gülcan.

Güneş'le, Ay'la, yıldızlarla, çeşitli gezegenlerle ilgili öyküler de yazıyordu babası. Dünya'yı, okyanusları, anakaraları tanımaya başladı Gülcan. Haritadan arıyordu babasının anlattığı yerleri. Dünya'nın yuvarlak olduğunu, Güneş'in çevresinde döndüğünü öğrendi. Eskiden insanların dünyayı tepsi gibi sandıklarını, bir öküzün boynuzlarında durduğuna inandıklarını öğrendi ve güldü. Çok eskiden bir bilgine, *"Dünya dönüyor!"* dediği için işkence yapıldığını öğrendi.

Yönleri de öğrendi Gülcan, ama karıştırıyor hâlâ. Samanyolu'nun ne olduğunu, Kutupyıldızı'nı biliyor. Doğu'yu seviyor, güneşi ve sabahı getirdiği için. Batı'yı da biliyor. Kuzey ve Güney'de kutupların olduğunu da...

Gökkuşağını öğrendi. Sayıyor renklerini, hem de sırasıyla. Kırmızı, turuncu, sarı, yeşil-mavi, lacivert, mor.

Yazıyor babasına da. Renkleri karıştırarak yeni renkler buluyor. Bunun verdiği sevinci babasıyla paylaşmak istiyor. Mektuplarına resimler yapıp gönderiyor. Sihirbazlık yaptığını düşünüyor. Suluboya ile oyunlar oynuyor. Tabii elini, yüzünü, giysisini de boyamış oluyor oynarken. Kırmızı ile sarıyı karıştırıyor, portakal rengini buluyor. Sarı ile maviyi karıştırınca yeşil çıkıyor. Kırmızı ile maviyi karıştırıyor Gülcan, mor diyor. Beyazla siyahla griyi, kırmızıyla siyahtan kahverengiyi, kırmızı ile beyazdan pembeyi buluyor. Haklıymışsın baba diye yazıyor, renkleri karıştırınca yeni renkler buluyorum, renkleri ve seni çok seviyorum.

Renkleri çok seviyor Gülcan. Babasının yazdıklarını anımsıyor. Renklerin anası beyazmış, aydınlıkmış.

Bunun için en çok beyazı, aydınlığı, ışığı, güneşi seviyor.

Karanlığı, siyahı, geceyi sevmiyor.

Karanlığa karşı insanların neler neler yaptığını da öğreniyor yavaş yavaş.

Promete'yi unutmuyor

* * *

Babam bana yaza yaza öğretti Promete'yi.

Zalim bir tanrı varmış çok eski zamanlarda. İnsanları hiç sevmezmiş. Promete bu tanrıdan ateşi çalmış. İnsanlara vermiş. Zalim tanrı Promete'ye kızmış. Kafkas dağlarında bir kayaya zincirlerle bağlatmış onu. Her gün bir kartal gelip ciğerlerini yiyormuş Promete'nin. Yıllarca orada kalmış. Acılar çekmiş hep. Açlık, susuzluk, yazların sıcağı, kışların soğuğu ve kartalın ciğerlerini her gün yemesi, büyük acılar veriyormuş ona. Ama o Ah! bile dememiş.

Zalim tanrı, onun pişman olmasını, boyun bükmesini istiyormuş. Ama o eğilmemiş tanrının önünde.

Promete'nin Herkül adlı bir arkadaşı varmış. O, arkadaşının acılar içinde olmasına dayanamamış. Promete'yi zincirlerinden kurtarmış, kartalı öldürmüş. Çok yiğit biriymiş Herkül. Zalim tanrı ona diş geçirememiş. O günden sonra da Promete, özgürlüğün simgelerinden biri olmuş.

İyi öğrenmiş miyim Promete'yi?

Öğrendiğimi bilse nasıl sevinir babam. Ama aklımda bu. Gelince anlatacağım ona. Sevinçten kanatlansın can babam!

Promete'yi sınıfta anlattım da, öğretmenim bir hoş oldu. Kız sen nereden öğrendin bunu? dedi. Babamdan, mektuplarında yazdı dedim. Çok sevindi öğretmenim, öptü beni.

Bilmek, öğrenmek, ne güzel şeymiş!

Babamın yazdığı öykülerden, masallardan daha neler öğrendim, neler!

Köroğlu'nu, Ferhat'la Şirin'in aşkını, Ferhat'ın bir kente su getirmek için nasıl didindiğini öğrendim. Kerem ile ilgili bir öyküyü de bilir gibiyim. Bir de güzel şiir vardı babamın aynı mektubunda. Büyüyünce ezberleyeceğim o şiiri. Azıcık bir yerini biliyorum şimdi. Öyle bir bağırıyorum ki:

"Ben yanmasam
Sen yanmasan
Biz yanmasak
Nasıl çıkar
Karanlıklar
Aydınlığa!.."

Küçük Prens'i anlatmıştı babam. *Bin Turna* öyküsünü... Japon çocuğu, adı neydi? Babam bana kâğıttan yapılmış turnalar göndermişti mektuplarının içinde. Renkli gazetelerin renkli sayfaları işe yarasın, diye yazmıştı. Renk renk kâğıttandı turnalar. Odamı süslemiştim onlarla. Sonraları bir kısmı yırtıldıysa da birkaçı hâlâ duruyor. Babamı bekliyor. Gelince göstereceğim ona. Bu turnalar, o kız çocuğunu kurtaracak diyeceğim.

Mektubunda kâğıttan turnanın nasıl yapıldığını da anlatmıştı babam. Günlerce herkesin başının etini yemiştim, bana turna yapın, bana turna yapmayı öğretin diye. Sonunda öğrenmiştim. Öğrenmiş ve o Japon Çocuğu'nu ben de kurtarmak istemiştim (Şimdi, turnalar gözümün önünde uçuşunca geldi aklıma, adı Sasaki idi, Sadako Sasaki idi o çocuğun). Hâlâ da istiyorum. Her yıl 6 Ağustos gelince onu anımsıyorum. Hiç unutma bunu demişti babam. Unutmadım. Unutmadığımı görünce çok sevinecek. Atom bombasının ve savaşın kötü şey olduğunu düşünerek ben de üzülüyorum. Hiroşima aklıma gelince ben de kahroluyorum.

Hiroşima'daki Barış Parkı'nı da anlatmıştı babam. Gözlerimin önüne getiriyorum işte...

Bir de şiir yazmıştı. Ezberledim onu. Hem bu şiirin şarkısını da dinliyorum ara sıra:

"Çalıyorum kapınızı
Teyze, amca bir imza ver
Çocuklar öldürülmesin
Şeker de yiyebilsinler."

diyorum ben de.

Babamın her yıl Eylül ayında yazdığı ilk mektuplarda mutlaka bir güvercin resmi oluyor.

Göğün maviliğinde kanat çırpan bir beyaz güvercin.

Bir ressamdan söz eder hep, adını yeni öğreniyorum Picasso. Öğretmenimiz de biliyor Picasso'yu. Guernica'yı, barışı, barış güvercinini babamın mektuplarından öğrendikten sonra öğretmenime de sordum. Saçlarımı okşadı. Aydınlandı yüzü!

Siz çocuklar barışı savunacaksınız yavrum, dedi. Sevdim bu sözcükleri. Barış sözcüğünü çok sevdim. Tıpkı bahar gibi, mayıs, özgürlük sözcükleri gibi...

Mart aylarında Kadınlar Günü'nü anlatırı babam. *"8 Mart"* derdi. Hatta bir keresinde üstünü çizmişlerdi de, uğraşa uğraşa okutmuştum Kel Amcama. *"8 Mart Kadınlar Günü"* diyordu babam.

Çok çizerlerdi mektuplarını. Kim bilir göndermedikleri neler vardır bana? Babamın mektuplarının bir kısmını da hiç göndermemişlerdir. Bazen olurdu, falan tarihli mektubumu almadınız mı? diye sorardı babam. Bakardık mektuplarının arasına, bulamazdık. Şeytanlar almış der, gülerdim ben...

Bir de Mayıs'larda bayramımı kutlardı babam.

Anlamazdım ben. Mayıs'ın ilk günü bayramdır kızım,

diye yazardı babam. Ne bayramı diye düşünürdüm. Emek nedir ki diye düşünürdüm. Ama bayramdı işte. Birkaç kez amcam anlatmaya çalıştı, ama anlayamadım. Yalnızca bayram olduğunu biliyorum. Babam Mayıs çiçeklerinden söz ederdi sıkça. Ben de bayram belledim Mayıs'ın ilk gününü. Sevinsin babam. Nasıl olsa öğreneceğim anlamını bir gün. Niye bayram olduğunu anlayacağım mutlaka. Babam gelince anlatacak, öğretecek biliyorum.

Babamın geçen Kasım ayında yazdıklarından da anımsadıklarım var. Annem de Kasım'da ölmüştü. Onun için Kasım aylarında daha bir hüzünlü yazıyordu babam.

Bir kitapçı arkadaşı varmış. Döve döve öldürmüşler onu mapusanede. Hem de abisinin yanında. Ondan söz etmişti babam, bir de şiir yazmıştı onunla ilgili. Ben de üzülmüştüm o abinin öldürülmesine. Kederlenmiştim. Onun da çocukları vardı. Dövenlere kızmıştım!

> *Babamı da dövüyorlar mı? Dövdüler mi? Gerçi o yazmıyor mektuplarında dövüldüğünü, ama dövüyorlardır mutlaka. Herkesi dövüyorlarmış. Evimize gelen arkadaşlarından duydum. Onlar anlatırdı da dinlerdim gizli gizli.*

Babamı ölümler nasıl da üzmüştür!

Mektuplarına bakıyorum da geliyor aklıma.

Dost ölümleri deyip öğretmen arkadaşı Abdullah'ı anlatmış, Ağrı'da intihar eden bir dostunun ölümüne kahırlandığını yazmıştı örneğin. Bir de sinemacının ölümüne çok üzüldüğünü anlatmıştı mektubunda. Dedemgil, onun bir artist olduğunu söylemişti bana. Ben tanımazdım, bilmezdim kim olduğunu. Ama evimizde kitaplarının, resimlerinin olduğunu sonradan öğrendim. Babamgil çok severmiş onu. Sinemacıymış. Ben hiç filmini görmedim ki! Çok merak ediyorum. Zengin olsak, videomuz olsa alıp izlerdik filmini. Ama filmi de yokmuş, yasakmış. Adını bile yasakladılar onun demişti bir kere Kel Amcam. Sonra, babamın mektuplarında da adını çizerlerdi, iyi biliyorum.

Bizim televizyonumuz onun filmlerini niye göstermiyor? Niye yasak ki? İnsanları sevdiği için mi?

Daha birçok ölüm üzmüştür babamı. Ama yazamamıştır mektuplarına, ya da yazdıklarını göndermemişlerdir. Çünkü babamın bir arkadaşının şöyle dediğini duymuştum (Beni duymaz sanarak söylemişti dedemgile). Yine şükredin, Can gibi nicesi öldürülüyor. Günler ölüm dolu!..

* * *

Babası, şiirler yazardı mektuplarında.

Şiirlerin şairlerini de anlatırdı ya, öğrenemedi daha Gülcan. Birçoğunu defterine yazdı. Babasının öğüdünü tutarak bir şiir defteri aldı kendisine. Yalnızca şiirler yazıyor ona. Gözü gibi koruyor o defterini. Okula giderken çantasına koyuyor mutlaka. Sınıfta arkadaşlarına okuyor ara sıra. Çok seviyor şiir okumayı. Öğretmeni de yardım ediyor ona. Yanlış yazdığı, yanlış okuduğu yerleri düzeltiyor. Ara sıra, haydi Gülcan bir şiir oku da dinleyelim, diyor. Öyle seviniyor ki Gülcan. Hiç utanmıyor. Peki öğretmenim, deyip okumaya başlıyor. Ya defterinden, ya da ezberinden...

Şiiri seviyor.

Babasının ona yazdığı şiirlerin bir kısmını türkü olarak biliyor. Dinliyor. Babasının dinleyemeyeceğini düşünüp üzülüyor. Mapusanede radyonun, teybin yasak olduğunu biliyor. Senin yerine de dinliyorum baba, diye yazıyor mektuplarına.

"Gel günlerim gel de dol" türküsünü düşünüyor. Kaset eski. Babasının bunu kimbilir kaç kez dinlediğini düşünüyor. Bu türküde geçen *"Mamak"* onun yattığı mapusane mi acaba? diye soruyor kendi kendine. Günlerin dolması, mapusluğun bitmesi mi acaba? diye düşünüyor.

Başka türküler de dinliyor.

Babası bir şiir yazmıştı ona. Bir Fransız şairinin demişti. Adı *"Özgürlük"*tü şiirin. Şöyle başlıyordu:

"Okulda defterime
Sırama, ağaçlara
Hem kara, hem kuma
Yazarım adını
Ey özgürlük!.."

Sen de bu şiiri sev Gülcan'ım, diye yazmıştı babası.

Sevdi Gülcan, çok sevdi.

Sırasına yazdı kalemle.

Odasının duvarına yazdı.

Defterlerine yazdı özgürlük diye.

Sonra türküsünü duydu.

Bir şaşırdı, bir sevindi.

Elinden çekti anneannesini. Alacaksın bu kaseti diye

tutturdu. İnat etti. O türkünün olduğu kaseti aldırmadan yürümedi. Evde bincoşkuyla dinledi türküyü. Evet o idi, o şiirdi.

Şiir türkü olmuştu ve dinliyordu Gülcan.

Bir hoş oldu. Ah keşke, babam da dinleyebilse! diye iç geçirdi. O kaset de, gözü gibi koruduğu sevgililerinden biri oldu Gülcan'ın. Babası gelince onu da dinletecek. Böyle düşünüp artırıyor sevincini...

Babasının kimi arkadaşlarının çocuklarından da mektuplar geliyordu Gülcan'a. Kartlar geliyordu yılbaşlarında, bayramlarda. Hüseyin öğretmenin iki çocuğuyla iyi arkadaş olmuştu mektuplarla. Birbirlerine yazıyorlardı sürekli. Hiç görüşmemişlerdi, ama iyi arkadaş olmuşlardı birbirleriyle. Babalarını anlatıyorlardı karşılıklı. Hüseyin öğretmen de bir başka mapusanedeymiş...

Babasının Adana'da yatan bir arkadaşından bir şiir gelmişti Gülcan'a. Onun için yazılmıştı. O şiiri de çok sevdi Gülcan? Bir de şiir yazdı o coşkuyla. Ömrünün ilk ve şimdilik tek şiirini. Babana iletti ilk mektubuyla. Sevinsin babam, diye düşündü, ilk şiirimi ona yazdım.

Sevgili Can babacığım
Yanımda olmanı istiyorum
Titremem geçiyor sen yanımda olunca
Seni kucaklayınca üşümüyorum.

Mişa'yı da unutmadı Gülcan.

Babayla birlikte geçirdikleri son yazda tanışmıştı Mişa ile.

Sevimli bir ayıcıktı Mişa. Olimpiyatlar'ın simgesiydi.

Babası Gülcan'a Mişa'nın fotoğraflarından getirmişti. Çeşit çeşit. Televizyonda her gün görüyordu Mişa'yı. O da, babası da sevmişti. Gazetelerde gördüğü Mişa resimlerini kesip saklamıştı Gülcan. Bakıp bakıp söyleşmişlerdi.

Bak bak Mişa top oynuyor. Bak Mişa bir çocuğu öpüyor.

Babası Mişa ile ilgili şeyler anlattıkça seviniyordu Gülcan. Babasının uydurup uydurup anlattığını biliyor, ama inanıyordu. Mişa'nın yaşadıklarını yaşıyor gibi oluyordu. Dalıp gidiyordu Mişalı düşlere. Mişa en yakın arkadaşı olmuştu, özellikle babayla ayrıldıktan sonra...

Oyuncakçı dükkânlarını günlerce gezerek kızına bir Mişa almıştı baba. Televizyondaki spor gösterileri bitince Mişa'nın gideceğini söylemişti. Babasının getirdiği Mişa en sevgili arkadaşıydı artık. Babasız günlerinde sırdaşı oldu. Dertleşti, söyleşti onunla Gülcan.

> *Son günlerki mektuplarında babası Şeker Portakalı adlı bir kitabı anlatmıştı. Ondaki Zeze adlı çocuğun arkadaşları vardı. Portakal ağacı, yüreğindeki kurbağa, bir şarkıcı. Mişa öyle bir arkadaşı oldu Gülcan'ın. Konuştular. Mişa akıllar verdi ona. İçinde bir ses oldu. Kuş oldu, şarkı oldu. Yalnız geceleri değil, gündüzleri de konuştu...*

Yanından ayırmadı Mişa'yı.

Kucağında oturttu hep. Ona da yemek yedirdi. Gece uyumadan önce onu da uyuttu. Anneannesine Mişa için giysiler diktirtti. Üşümesin, süslensin Mişa'm dedi.

Kirlendikçe değiştiriyordu Mişa'nın giysilerini. Mişa da yaramazdı kendi gibi. Onu azarlıyordu Gülcan. Kirlisin, yaramazsın diyordu. Başkalarının kendisine söylediklerini o da Mişa'ya söylüyordu. Yanında başkaları varken de konuşuyordu Mişa ile. Başkası duymuyordu ki Mişa'nın söylediklerini! Ama o anlıyordu!

Aylarca en yakını oldu Mişa. Sonra ne oldu bilmiyor. Araya hangi olaylar girdiyse kaybediverdi Mişa'yı.

Aklına gelince çok aradı, ama bulamadı. Çok ağladı. Ama yine de gelmedi Mişa (Belki de saklamışlardır diye düşündü!). Babasının aldığı Mişa kartlarıyla avundu. Kartlarla dertleşti canı sıkıldığı zaman.

Sanki Mişa o kartlardan çıkıyor, canlanıyor ve kucaklıyordu Gülcan'ı.

Üzülme Gülcan, yalnızlığın ve kederlerin bitecek yakında, gelecek baban, diyordu.

* * *

Kış boyunca pencerede babamı bekledim.

Pencere deyince aklıma bir şiir geliyor. Bunu da babam yazmıştı bir mektubunda, genç yaşta ölen bir şairimizinmiş.

"Pencere, en iyisi pencere
Geçen kuşları görürsün hiç olmazsa
Dört duvarı göreceğine!"

Bu şiiri ve babamı düşüne düşüne oturdum pencerede.

Gelmeyeceğini bile bile bekledim babamı.

Kimselere söylemedim babamı beklediğimi.

Mapustaydı babam.

Kırsa ya demirleri, kırsa da gelse ya diye düşünüyordum. Niye gelmiyordu? Bir gelse! diyordum, onu bir daha bırakmayacağım. Kuş olup gelse ya öykülerindeki gibi diyordum.

Hani bir güvercin, bir gece, bir kız çocuğunun odasına giriyor ve kızı güvercin yapıyor. Birlikte uçuyorlar saatlerce. Sonra mapusaneye giriyorlar sessizce. Gece. Herkes uyuyor koğuşta. Güvercin olan kız, babasını seyrediyor. Gagasında getirdiği bir karanfili babasının yastığına, yüzünün hemen yanına bırakıyor. Güneşin ilk ışıkları gelmeye başlayınca uça uça eve dönüyorlar. Kız birden uyanıyor ki terlemiş. Gerçekten uçmuş gibi, yorulmuş. Bakıyor ve başucundaki karanfillerden birinin eksik olduğunu görüyor. Gözlerini yumuyor, mutlu. Kimseye anlatmıyor bunu. Seviniyor. Gece gelen güvercin, babanı görmeye gittiğimizi kimseye söylemezsen, yine gideriz diye tembihlemiş çünkü ayrılırken. Güvercine söz vermiş kız. Sözü kendisi vermiş gibi tutuyor Gülcan. Kimselere söylemiyor. Babasının karanfil kokusuyla uyuduğunu düşünüyor o gece. Sabahleyin uyanınca da başındaki karanfili görüp coşacağını, sevineceğini. Yıllardır bir çiçek görmedi çünkü o, koklamadı! Hele bir de o karanfili kızının getirdiğini anlarsa!.. Bunları düşünüp mutlulukla doluyor Gülcan.

Bu öyküdeki gibi kuş olup gelseydi ya. Ya da ben gidebilseydim onun yanına!

Gelmedi, gelemedi; gitmedim, gidemedim!

Babam bunca yıl yattı da, ilk üç yıl hiç görüşüne gidemedim.

Bir süre daha gitmeyelim, etkilenmesin yavrucak diyordu evdekiler. Kendi aralarında konuşurlarken söylüyorlardı bunu, bana değil. Ama duyuyordum ben. Duyuyordum ve anlıyordum babamın kötü yerlerde olduğunu.

Kötü bir mapusluk yaşıyordu babam, biliyordum.

Bazı filmlerde görüyordum mapusaneleri, onlar gibi bir yerler düşünüyordum. Babamın kaldığı yer olan Mamak'ı öyle kötü anlatıyorlardı ki!

Babam üç yıl yaşadı orada.

Görüş günleri de iyi değilmiş. Birkaç dakika imiş. Doğru dürüst konuşulamıyormuş bile. Görülemiyormuş bile içerdeki sevgili insanın yüzü. Bu yüzden de götürmek istemiyorlarmış beni Mamak'a.

Onun mektuplarıyla yetiniyordum.

> *Babama sürpriz yapacağım. Bütün mektuplarını biriktiriyorum onun. Taa ilk mektubundan beri. Gelince, hepsini birden vereceğim. Al babam diyeceğim, bunlar ikimizin, bunlar ikimiziz!..*

Babam gelmedi. Ama düşlerimi doldurdu. Hep gül diyordu bana. Gül ki ben de güleyim diyordu. Sevinçli ol yavrum; ağaçları, çiçekleri, hayvanları sev diyordu. En çok da insanları...

Gülüyorum, bilsin babacığım. Gülüyorum şimdi de.

Duysun gülüşümü, görsün, koklasın. Hep güleceğim, hep seveceğim, bilsin!

Bir abla gelmişti bir gün. Onun kocası da babam gibi mapustaymış. Babamla aynı koğuştaymışlar. Görüşüne gitmiş kocasının da babamın selamını getirmiş. Kocası bir ay sonra çıkacakmış. Çıkınca birlikte geleceklerine dair söz aldım.

Geldiler de.

Çok sevdim Tahir Abi'yi.

Babamı görmüş gibi oldum. Hep kucağında oturdum. Gözlerine baktım. Babamı anlattırdım ona. Günlerini nasıl geçirdiklerini, bir de ondan dinledim. Babam mektuplarında anlatıyor ama, bir de Tahir Abi'den dinledim. Anlattı. Çok kitap okuduğunu söyledi babamın. Mamak'ta kitap okumak da yasakmış uzun bir süre. O günlerdeki kitapsızlığın acısını çıkarırcasına okuyormuş babam! Şiirler de yazıyormuş. Benim önlüklü resmimi, dolabının duvarına astığını da söyledi.

Büyücek bir koğuşta geçiriyorlarmış günlerini. Pencereleri demirdenmiş. Dışarıyı değil, duvarları görebiliyorlarmış yalnızca.

Bir de havalandırma dedikleri bahçeleri varmış. Orada yer, toprak değil, betonmuş. Nasıl bahçeyse? Dört yanı yüksek duvar olan bir avluymuş. Orada gökyüzünü görebiliyorlarmış. Mapusane denize yakın bir yerde olduğu için, martılar uçuşuyormuş tepelerinde çığlık çığlık. Onları seyrediyorlarmış. Oyunlar oynuyorlarmış havalandırmada. Mamak'taki gibi günde on dakika değil, dört saat veya daha fazla çıkıyorlarmış havalandırmaya.

Tahir Abi babamın çok yemek yediğini, şişmanladığını da söyledi. Çayı çok sevdiğini söyledi de ben güldüm. Zaten severdi, ben de seviyorum dedim. En çok da babamın çamaşır yıkamasını anlatınca güldüm. Aklıma ne geldiyse, sordum, anlattırdım. Her şeyini öğrenmek istedim babamın. Öğrenip beynime bir güzel yazmak istedim, onunla birlikte yaşamak için.

Neleri nasıl yaşadığını tam olarak bilemiyorum ki babamın.

Bilemem ki!

Belki birçoğunu babam da unutmuştur yaşadıklarının. Unutur.

Birçoğunu da anlatmak istemez. Tahir Abi'nin bile gizlediği o kadar çok şey var ki! Konuşmasından anlıyordum, geçiştirdiği sorularımdan anlıyordum.

Mapusluk kolay şey değil ki.

Filmlerde az mı görüyorum?

Nasıl da dövüyorlar insanları!

Hep demirlerin arkasında tutuyorlar. Ellerini bağlıyorlar. Ayaklarına zincirler takıyorlar. Saçlarını kesiyorlar. Kötü yemekler veriyorlar. Zorla elbise giydiriyorlar. Pis ve karanlık hücrelere atıyorlar...

Bana seyrettirmek istemiyorlar böyle filmleri, ama seyrediyorum yine de. Ve biliyorum babamın da onlar gibi sıkıntılı günler yaşadığını...

Ayrılık günlerimizde neler yaşadı kimbilir?

Hiç anlatmıyor ki!

Belki mektuplara yazmak istemiyor diye düşünüyorum. Yazsa da o mektupları göndermezler zaten. Ama çıkınca anlatacak mı acaba? Sanmıyorum. Beni üzmek istemez çünkü. Ben üzülmeyeyim diye yaşadığı acıların çoğunu anlatmaz o.

Mapusa girmeden önce, polisler onu aradığında kaçıyordu. Neler yaşadı o günlerde?

Sonra, mapusa girmeden önceki günlerde, beni uzun süre habersiz bıraktığı günlerde nerelerdeydi?

Neler yaptılar ona?

Bilemiyorum.

Emniyetlerde çok eziyetler çekmiştir. Her mapusa gireni, mapusa götürmeden önce emniyete götürüyorlarmış çünkü. Evimize gelen bazı arkadaşları kendilerine yapılanları anlatıyor da...

Alıştım artık!

Tüylerim diken diken oluyor!

Babam bana anlatmaz bunları. Elektrik bile veriyorlarmış! Daha neler neler yapıyorlarmış. Nasıl dayanıyor ki insanlar? Ya yapanlar, insan değil mi onlar?

Ben nicedir düşünüyorum.

Herkes bunları konuşuyor çünkü. Gazetelerde de yazıyor. Bazı polisler, askerler ceza alıyorlar insanlara eziyet ve işkence yaptıkları için! Çoğu delil yokluğundan kurtuluyormuş, ama alanlar da varmış. O kitapçı abiyi döven askerler de ceza almıştı, gazetede okudum.

Niye eziyet ediyorlar insanlara? Anlamıyorum. Kafam sorularla doluyor. Nasıl kıyıyorlar?

Yükü ağır olacak babamın.

Bana anlatacak çok şeyi olmalı.

Sorular dolu bende.

Çok şey soracağım ona.

Haberi olsun!

Mahkemede yargılanmış babam.

Siz niye başka şeylerle uğraşıyorsunuz, okulda derslerinizi anlatın yeter, demiş yargıçlar.

Babamgil de, bizim görevimiz yalnızca ders anlatmak değil, demişler. Öğrencilere yaşamın her şeyini öğreteceğiz, çünkü onlar bizim geleceğimiz, demişler. Ayrıca, tüm insanların kendilerini ilgilendirdiğini söylemişler. Sonra insanların kardeşliğini, birbirleriyle barış içinde yaşamaları gerektiğini, bunun için uğraştıklarını anlatmışlar. Yargıçlar da size ne barıştan, adaletten, haksızlıklardan demişler ve hapislik cezası vermişler babamla arkadaşlarına.

Babamın arkadaşlarından sora sora öğrendim bunları.

Bunların ne olduğunu bilmiyorum ama, öğreneceğim büyüdükçe. Biliyorum babamgilin çocukları ve geleceği savunduklarını.

Ben de geleceği savunacağım. Çocuğum çünkü, gelecek bizim çünkü!

* * *

İlkyaz ışıldarken Gülcan'ın gönlü de ışıldadı bir gün.

Daha önce gönlü, Mişa'nın ağladığı gibi ağlıyordu!

Babasıyla birlikte seyretmişlerdi Mişa'nın ağlamasını. Gözyaşları nasıl da akıyordu Mişa'nın gözlerinden! Sanki her gün kendisini seyreden milyonlarca insandan ayrılmaya dayanamamıştı onun minicik yüreği. Acısını, damlalarıyla yanaklarından aşağıya akıtmıştı!

Gülcan da ağlamıştı o ağlayınca!

Sonradan öğrenmişti ki, onun gibi dünyanın birçok çocuğu da ağlamıştı.

O günden sonra, ne zaman yüreği daralsa Gülcan'ın, ne zaman kederlense, Mişa geldi gözlerinin önüne.

Mişa'nın ağız dolusu gülüşüne hasret kalmıştı Gülcan'ın yüreği.

* * *

Ve bir ilkyaz günü ışıldadı gönlüm.

Babaannem geldi İstanbul'dan

Yarın sabah babana gideceğiz, dedi.

Çocuk bayramıydı ertesi gün.

Sevindim, güldüm, hopladım.

Babamla neler konuşsam, ona neler götürsem diye düşündüm.

Uyku, gözlerime bu düşüncelerle aktı.

Gittik babama.

Telörgülerle çevrili bir yere gittik.

Askerler aradı üzerimizi. Birçok insan gelmişti çocuklarıyla. Bir otobüse bindirdiler, askerlerin, tankların, asker arabalarının, asker binalarının arasından geçirdiler. Birkaç binanın olduğu bir yere gelince durdu bindiğimiz otobüs. İndik. Dizi dizi askerlerin arasından yürüdük.

İşte geldik, dedi yanımızdakilerden birkaçı.

Bütün pencereleri demirli, kocaman, uzun, tek katlı, taş bir binanın önündeydik.

Herkes konuşuyordu. İşte hapishane, diyorlardı.

Çiçek getirmiştim babama.

İlkyazın ilk çiçeklerini, belki gönlümü.

Yasak, dedi askerler.

Vermedim çiçeklerimi onlara.

Bağırdım. Babama vereceğim ben bunları! dedim.

Kıyamadı birisi. Götürsün, çiçek işte, dedi.

Nasıl sabırsızlandığımı bilebilir mi babam?

Onu görecektim.

Kucaklaşacaktık.

Sesimizi duyacaktık. Yanaklarımızı okşayıp öpecektik. El ele olacaktık.

Kocaman bir baraka vardı mapusanenin yanında. Oraya girmemizi söylediler. Masalar diziliydi içerde.

Ve, ve bir masada... Bir masada babam duruyordu, babam!

Babam, ayakta dikilmiş, beni bekliyordu.

Nasıl koştum, nasıl atladım üzerine!

Önce biraz durdum ama. Bekledim. Şaşkınlıktan. Gözlerime inanamamaktan. Bir düş olmasından korktum gördüğümün. Durdum. Baktım babama. Evet, o idi. Gülümsüyordu. Beni bağrına basmak için bekliyordu.

Koştum. Masalara çarptım mı bilmiyorum.

Öptüm. Okşadım kısacık saçlarını. Bıyıkları yoktu. Saçlarını, kısacık saçlarını daha çok sevdim. Yumuşacıktı. Yanaklarından, saçlarından çekmedim ellerimi. Gözlerine baktım hep. Gülüyordu babamın gözleri. Gülmesinin sesini duydum.

Babaannemle konuşamadı bile. Benimle konuştu sürekli. Duydum, sesini duydum yüreğimin ta içinde. Konuştuk. Babaannem bizi seyretti. Gözleri dolu...

Çay içtik. Bisküvi, çikolata aldı bana. Ne diyeceğimi bilemiyor, onun sorularına yanıtlar vermeye çalışıyordum. Oysa ne çok şey vardı ona soracağım. Konuş yavrum, anlat, vaktimiz kısa, neler yapıyorsun anlat bana, diyordu o.

Neden sonra aklıma geldi. Elimde sıkıp durduğum çiçekleri verdim. Aldı, kokladı. Gömleğinin cebine koydu.

Kucağından inmedim.

O gün, son yıllardaki, en güzel günümdü.

Belki de yaşamımın en güzel günü, en güzel...

* * *

Yine aylar geçti.
Ve Can'dan bir kart geldi kızına.
Troya Atı. Meçhul Asker Anıtı. Deniz.
Artık buradayım kızım, diyordu Can.

* * *

Çanakkale'de babam, biliyorum. Çanakkale'nin mapusunda.

Ne suç işledin diye sormuyorum ona. Mapusane suçluların olduğu yerdir, ama babam suçlu olamaz. Kimseye zarar vermez o, kötülük etmez.

Yeni bir fotoğrafımı gönderiyorum babama. Tam onun istediği gibi. Ağız dolusu gülüyorum. Bir de nanik yapıyorum, kederlere inat! Siz ne yaparsanız yapın, güleceğim diyorum yani! Babam da gülüyor, biliyorum.

Babamın fotoğraflarına baktıkça şenleniyorum. Hep gülüyor babam. Onun gibi olmak istedim ve güldüm o fotoğraf çekilirken. Fotoğrafçı amca şaşırdı. O şaşırınca nanik yapmak geldi içimden. Öylece çıktı işte babama son gönderdiğim fotoğraf. Babam da görsün, sevinsin istedim. Baksın. Öğrenci giysisi var üzerimde. Gülmeyi ve babamı sevdiğim gibi öğrenmeyi de seviyorum.

Öğrenmeyi seviyorum!

Bir düşümü anlatmak istiyorum.

Duramıyorum yerimde. Oturamıyorum bir yerde.

Otursana şurada, gelecek işte, yorulma diyorlar. Dinleyen kim? Kim söz dinletebilir ki benim kuş gönlüme?

Gözüm pencerede.

Belki bu arka yoldan gelir de, ilk ben görürüm diyorum. Kulağım kapıda.

Kapının kanaryasının her ötüşünde yüreğim ağzıma geliyor sanki.

Babam gelecek, kolay mı?

Beş yıl sonra ilk kez yanıma, evimize gelecek.

Küçük bir çocuktum beni onunla ayırdıklarında. Mapusluğun beni ondan ayırdığında okula bile gitmiyordum daha. Şimdi okullu çocuk oldum. Yılların nasıl geçtiğini bir ben bilirim.

İkide bir dışarı çıkıyorum.

Hava iyice kararmış. Ama sokak lambalarının ışıkları var. Yolu görebiliyorum. On beş yirmi metreden bile tanıyor insanlar.

Gelse, elinde valizi ile yürüse ya babam. Tanırım yürüyüşünden. Tanırım ve koşarım sarılmak için. Ama gelmiyor işte. Gecikiyor. Telefon etmiş, saat dokuzdan sonra orada olacağım demiş. Ama daha erken gelsin istiyorum.

Saat dokuz olmadı daha.

Sofra kurulu evde. Babamı bekliyoruz. Kalabalığız. Babamın arkadaşları, akrabalarımız var? Ben kıpır kıpırım, yüreğim de kıpır kıpır. Dakikalar zor geçiyor. Saati ileri almak istiyorum. Ama saatin ileri alınmasıyla zamanın geçmeyeceğini öğrendim artık. Eskiden babam beni kandırırdı böyle. O zaman anlamazdım saatin ne olduğunu. Şimdi anlıyorum. Saatim de var. Özgür Amcam aldı. Hiç çıkarmıyorum kolumdan. İkide bir bakıyorum bileğime. Yelkovan öyle ağır gidiyor ki. Saatime kızıyorum.

Kendi kendimle konuşuyorum.

Babamla nasıl konuşacağımı, ona nasıl davranacağımı düşünüyorum. Aklıma takılan bazı şeyleri soruyorum anneanneme. O da gülerek yanıtlıyor. Ona nasıl baba diyeceğim diye sordum birinde. Öyle ya unuttum baba demeyi. Daha öğrenemeden unuttum! Mektuplarımda yazarken kolay oluyor da, konuşurken nasıl diyeceğimi bilemiyorum. Nasıl alışacağım? Off!..

Çiçek hazırladım. Elimde terledikçe bırakıyorum. Bir bardağın içine. Sonra yine alıyorum. Başka ne yapsam ki? Odalara girip çıkıyorum...

Geldi. Kucaklaştık. Öpüştük.

Oynadık. Söyleştik. Dertleştik.

Yemek yedik. Bir bardak rakı içmesine izin verdim...

Yaşadım mı o geceyi?

Yaşadım!

Kolumun üstüne başımı koyup yattım. Öptüm kokladım onu...

Babasına mektup yazdı Gülcan.

Yüreğindekileri ve aklındakileri anlattı. Kendisinden ve yaşadıklarından bir kısmını yazdı. Babası, biraz daha tanıdı kızını. Kızının, kendisini, kocaman yüreğiyle, kocaman özlemlerle, kocaman segilerle beklediğini öğrendi.

* * *

Bir kardelendir Gülcan.

Kardelenler, boynu bükük değildirler, inattırlar. Amansız kışa dur derler usanmadan. Her kış yeniden uzatırlar çiçek boylarını. Gönül ışıtırlar.

Gülcan, "Eylül" kardelenlerinden biri.

Öğreniyor. Öğrenmeyi sürdürüyor. Umutsuzluğa kapılmıyor. Gülmeyi de, sevmeyi de unutmuyor. Kitaplarla, şiirlerle, çiçeklerle, oyunlarla, düşlerle yaşıyor.

Bir büyük insanın, *"yapa yapa öğrenmeye çalışanlar aptallardır"* dediğini bilmiyor ama, annesinin, babasının ve onların arkadaşlarının yaşadıklarını mutlaka öğrenmek istiyor. Onların, insanlığın güzel geleceği için sıkıntılar çektiklerini biliyor. Öğreniyor.

Gülcan öğrendikçe babası daha çok seviniyor, daha çok seviyor kardelen kızını.

Gülcan sevgilerle, barış içinde yaşamak istiyor.

Umutlarla yaşıyor Gülcan, kardelen...

Çanakkale Cezaevi

Eylül - Aralık 1984

ÖNER YAĞCI
Aziz Nesin Aydınlığı
İNKILÂP

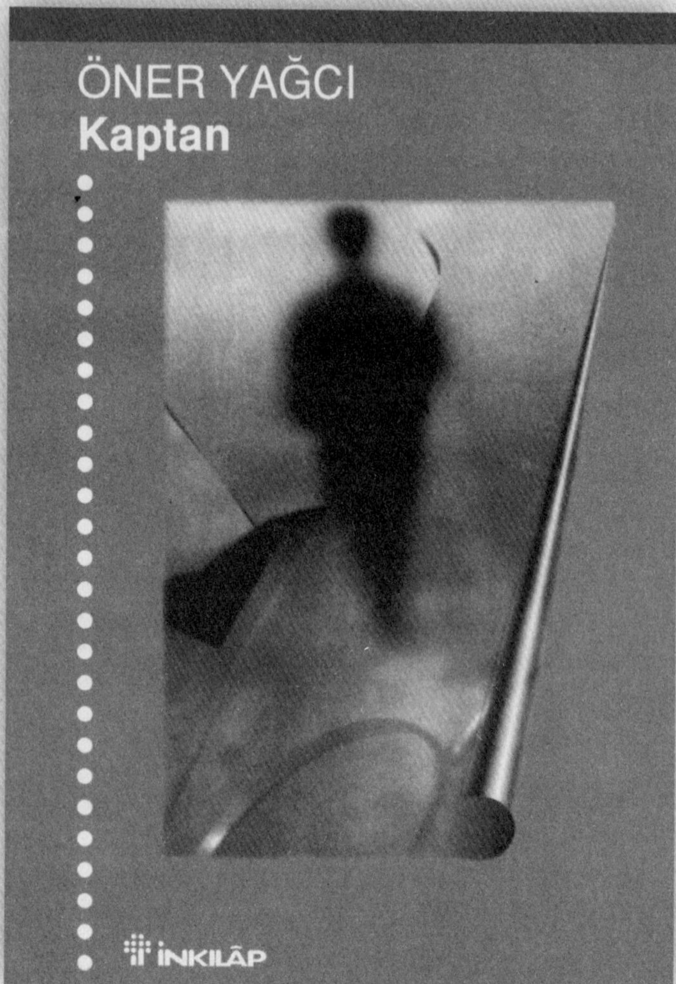
ÖNER YAĞCI
Kaptan
İNKILÂP